超能第七感

eSCATTERING

II 迷雾

〔美〕金伯利·麦克雷特 / 著

赵 晖　杜景平 / 译

天 地 出 版 社 | TIANDI PRESS

图书在版编目（CIP）数据

超能第七感Ⅱ. 迷雾 /（美）金伯利·麦克雷特著；
赵晖，杜景平译. —成都：天地出版社，2018.6
　ISBN 978-7-5455-3769-7

　Ⅰ.①超… Ⅱ.①金… ②赵… ③杜… Ⅲ.①长篇小
说—美国—现代 Ⅳ.①I712.45

中国版本图书馆CIP数据核字（2018）第046918号

The Scattering
Copyright © 2017 by Kimberly McCreight
Published in agreement with Marly Rusoff & Associates, Inc., through The Grayhawk Agency.
Simplified Chinese translation copyright © 2018
By Beijing Huaxia Winshare Books Co., Ltd.
All rights reserved.

著作权登记号　图字：21-2016-209

超能第七感Ⅱ：迷雾
CHAONENG DIQIGAN Ⅱ：　MIWU

出　品　人	杨　政
著　　者	[美] 金伯利·麦克雷特
译　　者	赵　晖　杜景平
责任编辑	杨永龙　袁静梅
封面设计	思想工社
电脑制作	尚上文化
责任印制	葛红梅

出版发行	天地出版社
	（成都市槐树街2号　邮政编码：610014）
网　　址	http://www.tiandiph.com
	http://www.天地出版社.com
电子邮箱	tiandicbs@vip.163.com
经　　销	新华文轩出版传媒股份有限公司

印　　刷	河北鹏润印刷有限公司
版　　次	2018年6月第1版
印　　次	2018年6月第1次印刷
成品尺寸	145mm×210mm　1/32
印　　张	8.75
字　　数	188千字
定　　价	35.00元
书　　号	ISBN 978-7-5455-3769-7

版权所有◆违者必究

咨询电话：（028）87734639（总编室）
购书热线：（010）67693207（市场部）

本版图书凡印刷、装订错误，可及时向我社发行部调换

献给每一个被告知太过敏感的女孩，

和每一个被告知别太敏感的女人。

人生如梦。认识到这一点，会要了我们的命。

——弗吉尼亚·伍尔夫（Virginia Woolf）

《奥兰多》（*Orlando*）

作者声明

这是一部科幻小说，所述之事并未发生，
至少现在还未发生。

黑暗中，我赤脚站在冰冷陡峭的岩石边缘，凝望着面前绵延流淌的黑水，怀疑自己能不能游到远处码头亮灯的地方。似乎太遥远了，水面平静得可怕，就像在等待愚蠢的人跳下去尝试。

我不善游泳，体力远远不支。我从来没有在黑暗当中，穿着衣服，游过这么长的距离。陌生的水域那头，只能依稀看见一些光亮，谁知道那会是什么。但是我们已经别无选择。他们正赶来抓我们。准确地说，是赶来抓我。他们已经到了。声音在迫近。逮住我只是时间早晚的问题。

但疯狂的是，在这种非常不利的情况下，我仍然深信自己能游到一英里开外的那个码头。事实上，我知道我可以。也许这些才是重要的。因为如果说我在过去的几周里学到了什么，那就是：力量就是信仰的同义词。心怀希望，就有了勇气。

而现在，忐忑的我已经站在水边。我要做的是克制自己的恐惧，并相信直觉。

　　于是，我深吸一口气，眼睛望向遥远的地平线。然后我纵身跳了下去，开始往前游。

1

我站在门廊，盯着雅斯佩尔的短信。只有一个字：跑。

一分钟。一小时。永远。

我垂下眼帘，心狂跳不止。那六名警官在说些什么。说了他们的名字——克鲁特、约翰森，等等。跑。别跑。跑。别跑。还说了些别的：国土安全部。铲除一个社会不安定分子。其余的我都听不见了，脑子里嗡嗡作响。

跑。别跑。跑。别跑。

跑。

我向楼梯冲去，紧握手机，就像握着一枚手榴弹。先跑了再说。这是昆汀教我的。

"威利？"爸爸在我身后喊道。他又惊又懵。"威利，你干吗去？"

我跑上楼梯，而声音从我身后传来。别向后看。别停下来。我得继续跑。往楼上跑。

但为什么是往楼上跑？不应该是向后门跑，逃出去吗？怎么往房子里跑？楼上厕所和屋顶的斜面有个凹口，一定可以从那里出去。谁料脚下一滑，我赶紧用手抓住栏杆。

"郎小姐！"其中一个人喊道。他离我这么近，我甚至能听见他的呼吸。

"住手！让她走！"爸爸好像很生气，我差点没听出来是他。那些人向他大喊。喘息声，撞击声，打斗声。"你们不能擅闯民宅！"

"郎博士，请你冷静！"

"嘿！站住！"那个声音又从我身后传来。这一次离得更近。我刚跑到二楼门厅，就立马向前扑倒。

厕所。我应该去那里。别慌。别慌。步子快一点。再快一点。别被他抓住。厕所门就在前方。我马上就能打开窗户，然后钻出去。然后飞快滑到地面，然后接着跑。就像之前那样，死命地跑。

我跌跌撞撞跑过门厅，沉重的脚步声仍然紧跟着我。"威利！"那个男人喊着，但是很机械，就好像他不想承认我有名字。

"这是我家！"爸爸再次大喊。听起来他现在离楼梯更近了一些。

"郎博士，你站在这里别动！"

我的眼睛牢牢盯着门厅尽头的厕所门。感觉它那么遥远，好像永远也到不了。但我必须要到厕所去。打开窗户。钻出去。一步一步来。尽可能地快。

"郎小姐！"声音再次响起，这次近得多。太近了。而且声音很紧张。他已经能抓住我，但是他太怕伤到我。"好了！快停下！你在做什么？"

通过右边的第一扇门。还要左转两次。

但是我的脚又被地毯绊了一下。眼看要撞墙了，在最后一秒，我设法用手去挡，让撞上去的是我的手腕，然后是我的肩膀，而不是我的脸。然而，撞击的疼痛让我头重脚轻，我一下子栽倒在地。我感觉想吐，身体蜷作一团，手臂支在肚子上。我害怕向下看。我怕看到骨头已经戳出来。

"天哪，你没事吧？"警官已经停了下来，站在我的面前。我现在知道他是那些人中的哪一个了，他是那个最矮的、肌肉最发达的。他的声音暴露了他的紧张。但听得出来，他还很恼火。他上下打量着门厅，就像在寻找证人。"他妈的。我说了让你别跑。"

几分钟后，我坐在家里小客厅的沙发上，爸爸把冰袋缠在我颤抖的手腕上。疼痛让我的大脑很兴奋。这些自称警官的男人已经分散站开，封锁了门和楼梯，以及通向后门的走道。他们堵住了每一个可能的出口。在我们格局紧凑的旧维多利亚风的家里，他们显得更加魁梧。现在是真的无法逃走了。

"我感觉你没有大碍。"克鲁特警官看着我的手臂说道。但是他站得离我不够近，不足以下这样的结论。

本来站在我前面的爸爸转过身去，望着克鲁特警官的脸。相比之下，他显得那么矮，就像一个小男孩。

"给我滚出去！"他生气地指着门，"我没有开玩笑，你们所有人，现在就给我消失！"

就好像如果真的迫不得已，他会想办法把克鲁特扫地出门。爸爸的愤怒使他看不到自己与对方在块头上的差异。而现在我看得很明白，爸爸誓死也要保护我。要是我之前能意识到这一点该有多好。说不定营地的事就不会发生。也许一切都不会发生。

"恐怕不行，郎博士。"克鲁特低下头，"威利不回答我们的问题，我们是不会走的。"

他试图以一种委婉的语气，而不是威胁。但并没有什么用。因为他根本就不觉得抱歉。我能读出他的感觉，而且我很肯定。实际上，克鲁特的感觉是如此之少。这很可怕。爸爸上前一步，他的愤怒升腾起来。

"你们不能就这样闯进我家，追着我的女儿不放。她是受害者。"爸爸说，"就算她犯了法，你们也要有逮捕令才能带她走。你们这样不合法。天哪，要是她的手断了可怎么办？"

"郎博士，你要知道，你女儿躲避的是联邦局特工。你知道这有多么危险吗？"

爸爸快笑了出来。然后他把指尖压在自己的嘴上，仿佛在祈祷。我从来没有见过他这么生气。愤怒让他的脸变形。但是我能感觉到，他正在努力克制。保持冷静，去做需要做的事。

"出去，出去，出去。"爸爸的话语缓慢而平和，像鼓手一样，"马上出去。否则，老天爷我要——"

"我已经说了，我们不能走。"克鲁特警官还是如此淡定，怪异的淡定，"威利是一系列命案的目击者，我们怀疑那是国内恐怖袭击。我们现在要带她回去问询。就是这样。"

"哈!"爸爸恼怒地说,"我要致电律师。"

什么律师?我正在想,爸爸已经拿起手机,开始拨号。他把手机放到耳边,似乎很有信心。我们站着不动,等待着电话那头接通,让爸爸说话。我能感觉到克鲁特警官在盯着我。我告诉自己不要回头去看他,但是我没有忍住。

果然,他冰冷的黑眼珠锁死了我,他的嘴巴微张,因此我能看到他的大白牙。我想象着大白牙朝我咬来。我本以为他会恶意相向,但是并没有——没有不耐烦,没有怀疑,也没有恼怒。只有一种感觉:同情。而其实,同情要可怕得多。

我肚子鼓起,紧抱手臂。也许我应该回答他们的问题。也许回答了之后,他们就会罢休。但是我也有最坏的预感——无论我说什么——事情才刚刚开始。

深吸一口气,我提醒自己。深吸一口气。因为我感觉空间越来越逼仄,脚下的地板也开始晃动。而现在绝对不是晕厥的好时候。我已经是异类 36 小时了,但我知道我仍然有失控的可能。

"嗨,瑞秋,是我,本,"爸爸终于对着电话开口了,"请你听到留言之后马上给我回个电话。我有要紧事找你。"

瑞秋。对。爸爸打电话当然是找她。瑞秋是妈妈的朋友。或者说,她们曾经是闺蜜。在和妈妈断交多年之后,瑞秋竟然出现在妈妈的葬礼上。从那以后,她就像湿疹一样,怎么都摆脱不掉。她想帮忙,反正她是这样说的。爸爸说,那可能是她应对悲恸的方式。如果你问我,她究竟是为了什么,我会说,她瞄准的是我爸爸。无论如何,整件事都很奇怪。她很奇怪,我不信任她。

但是我喜不喜欢她不重要，重要的是，瑞秋是一名刑事辩护律师。她知道在这样的情况下应该怎么做。先不说瑞秋的人品——妈妈不肯透露她们闹翻的细节——但是连妈妈也经常说，如果真的遇到麻烦，她会打电话给瑞秋，因为"瑞秋能让自大的连环杀手不进监狱"。妈妈这么说，并不是在夸她。

"郎博士，如果威利无可隐瞒，和我们聊聊也无妨。"爸爸挂断电话之后，克鲁特警官说道。

"问题是你们攻击我。"我说，以为这样能帮到爸爸。

"嘿，是你自己跌倒了！"矮个子警官说道，"我可没有碰你。"

这话没错，但感觉根本不是重点。

克鲁特警官对我皱眉。真是没想到。而且现在他不高兴了，但只有一点点。就像他的黑色衬衫上滴了一滴汤那种不高兴。"郎博士你放心，要审问恐怖袭击的目击者，我们有绝对权威，不需要谁来许可。我们不是逮捕威利。至少现在不是。"

"事已至此，"爸爸指着我，准确地说是指着我的手臂，"我们什么都不会说的，除非我们的律师说我们非回答不可。"

克鲁特吸了一口气："行，那她什么时候过来？"

"我不知道。"爸爸说，想表现得占了上风，不过他知道并没有。而且他很担心最后会演变成什么样。这些，我都能清清楚楚地感觉到。

克鲁特警官面无表情地看着爸爸："那我们就等你的律师来。无论要等多久。"

过了一阵子，大约半小时后，爸爸和我并肩坐在沙发上。每个角落都站着像雕像一样的警官。只有克鲁特在移动，一边踱步，一边发信息。他沉重的步子令我家的地板吱吱作响，其他人也因此变得更加紧张。

我想打电话给雅斯佩尔，但谁知道他会说什么。如果警官要带我去做笔录，那么他们要想拿走我的手机是轻而易举的。保险起见，还是等他们走了以后再打给雅斯佩尔。

爸爸又给瑞秋打了两次电话，但是都没有人接，进了语音信箱。所以我们继续等待。又过了三十分钟，又过了一个小时。客厅沙发坐得我难受死了。我想一定没有人在上面坐过这么久，我自己是肯定没有。最后，我想上厕所了，但是一想到有人会跟着我一起去，我就受不了。他们肯定会跟着我的。

我正在想别无选择只能在监视下方便的景象，这时候，克鲁特的手机大声振动起来。"不好意思，我接个电话。"他说着，对其他的警官点点头，示意他们看好我们，然后就往屋外走。

在克鲁特警官走出大门以后，爸爸的手机终于响了起来。"瑞秋，"爸爸绝望而放心地接起电话，他安静地听了一分钟，"唔，说实话，不好，你可以过来吗？情况有些紧急。不不，不是那样。"他停顿了片刻，站着深吸了一口气。但是他没有四下走动，只是徘徊在沙发前。他的脚步好像很不稳，仿佛自身正在瓦解。"来了一些联邦局特工，他们想带威利去做笔录，而我——威利经历了太多事情，我想让他们改天再来。"瑞秋开始说话，爸爸再次沉默。"我说了，可他们不干。他们说因为这与国内恐怖主义有关，而威利不是嫌疑人……"又是一阵沉默。"好的。好的。谢谢你，瑞秋。"

爸爸转向我。他似乎轻松了些，更有信心。"她怎么说？"我问道。

"她说我们做得没错，"他说，"我们应该等她过来。她这就赶过来。"

克鲁特警官进来的时候，爸爸的电话还握在手里。"我们很快会再联络的，郎博士。"克鲁特一本正经地说。仿佛是此次对话的延伸。好像我们已经达成共识。"我们会再安排问询的时间。"

但这是为什么呢？我不相信克鲁特会害怕一个素未谋面的律师，这样就善罢甘休了。他甚至不知道瑞秋打来了电话。克鲁特点头示意他的手下。不，他们决定离开，有他们自己的原因——不好的原因。

"你们要去哪里？"我问道。不过现在不说话可能更好。我又不希望他们留下来。

当克鲁特看向我，我再次感觉到：他在同情。而这次更加严重。如此肯定，深深的同情。他又点了点头："保持联络。"

我看着克鲁特和他的手下聚到一起，然后出了门。而我想象着，这就像潮水被拉回大海，又呼啸着冲上岸之前的安静瞬间，沉寂而可怕，太可怕了。

2

六周后。

黑暗中，我睁开眼睛。我躺在自己的床上。现在是半夜。雅斯佩尔打来电话。我不用看就知道是他。但是我没有接。有的时候他只是打过来然后就挂断。今天晚上我只想睡觉，这么久了，这种感觉还是头一次。

自从六周前我们从缅因州回来以后，雅斯佩尔每天都会在深夜打来电话。当然，他用的是新手机。因为那天警官站在我家门口的时候，给我发短信叫我快跑的，并不是他。

克鲁特警官和他的手下一走，我就打了电话给雅斯佩尔——我想确定他没事，想知道为什么他叫我跑。但是他没有接电话。打了两个多小时仍无音信，而我们又不知道雅斯佩尔家座机号码，在爸爸强烈反对下，我坚持要开车去雅斯佩尔家看看他。

我们到了雅斯佩尔家门口，他开了门，没有什么异样——困倦，迷惑，但人没事。他的手机在营地的时候被昆汀拿走了，后来一直没有找到。

当地警方在主屋里找到了我的手机，并于那天早上在休息站的其中一次问询时交还给了我。但是当时雅斯佩尔和我是分开做的笔录。我本来以为他的手机也已经给他了。我其实根本没有多想。但事实是，警察并没有找到雅斯佩尔的手机。

但是，克鲁特警官来的时候，有人给我发信息让我跑。我感到后怕。也许他们希望我跑了会被弄死。

当我们意识到消息不是雅斯佩尔发的以后，爸爸专门打了一个电话给克鲁特警官。克鲁特答应去查一查那条短信，而不久之后他说那是一场恶作剧。我们跟他说了细节，说恶作剧根本说不通。但是，克鲁特不再回我们的电话。我们也只好算了，因为其实我们也不想再跟他打交道。

现在我的手机再次响起，我知道它就在床头柜上。我或许应该换一个不那么刺耳的铃声。但是，不管用什么样的铃声，只要手机一响，我都会一惊。

我这会儿能有困意，是件好事。雅斯佩尔和我自打从缅因州回来，就都没睡过好觉——太后悔，太内疚。在漫漫长夜里，我们打电话说每一件事。我躺在床上，盯着我卧室墙壁上的旧照片，我想我应该把它们摘下来，因为一看到它们，我就会想到妈妈。而正是知道这一点，我才永远不会把它们摘下来。

雅斯佩尔和我试着让聊天的内容轻松一点，来抵挡黑暗。或许这就是聊天不起作用的原因。相较而言，那天夜里我们一路向北时聊的很多"如果"——如果我们及时联系凯西的妈妈会怎么样，如果我们没听凯西的话，而去就近的警察局会怎么样……这些"如果"更让我们难受，愤怒。但是这些聊天内容让雅斯佩尔和我更加靠近。有时候我在想，这种因为痛苦而诞生的友谊会持续多久，真不真实。其余的时间，我不想去思考。任何事情我都不愿想太多。有太多的问题我不知道如何回答。

我的心理医生谢巴德医生还是和以前一样，认为我和雅斯佩尔一味地回顾过去不好，我也觉得这样不好。但是雅斯佩尔不能自已。我们都会去想"如果"，这是肯定的，但脱口而出责怪凯西让我们困在营地的是雅斯佩尔。他一说到这个，我会立马说："雅斯佩尔，这不是你的错。是昆汀害死了凯西，不是你。"我心里真的是这样想的。

雅斯佩尔听不进去我的话。有时候我看着他的眼睛，觉得就像在看一个正慢慢饿死的人。而我站在那里，手里抱着很多的食物。

当然这只是相对而言，并不是说我自己的状态有多好。我还是会做很可怕的梦，而且每天至少会哭一次。谢巴德医生说，这是悲恸和创伤之后的正常反应。另外，在我得知自己是一个异类之后，焦虑也并没有消失。

但是所幸这些天没有火上浇油的事情发生。我在努力将别人的情绪与我自身的焦虑分开。从感觉上来说，两者有些细小的差别。我自身的焦虑感觉更冷，更深入；而其他人的情绪则堵在我的胸口。现在，谢巴德医生一直建议我做的练习——呼吸训练、正念冥想、积极自我对话——真的开始起作用了，可能是因为我宁可信其有效吧。

最后，我把双手放在手机上，接听之前，差点把它碰到地上。

"嘿，"我的声音含混不清，我清了清嗓子，"怎么了？"

"他妈的，你睡着了？"雅斯佩尔说。听起来，他为被我的困意背叛而伤心。

"唔，没有。"我在撒谎，"我刚刚——怎么了？"然后我突然想到他这么晚打电话大概是什么原因，这个点就算对他来说也很晚了，"哦，对了，你和你妈妈一起吃的晚饭怎么样？"

雅斯佩尔准备告诉他的妈妈，他对去波士顿学院打冰球有些犹豫。所谓犹豫，其实就是彻底变卦。还有几天新生夏令营就要开始了，他并不打算参加。而且如果他不打冰球的话，波士顿学院是不会给他体育奖学金的。也就是说，不打冰球，就去不了波士顿学院。

但是，雅斯佩尔不介意。他全然接受。他甚至不确定自己真的想去上大学。其实这些天跟他通话，只有嘲笑波士顿学院的时候，他才能高兴起来。不过我相当肯定，他做这样的决定是出于自责，他想通过不再打冰球来惩罚自己。虽然起初是雅斯佩尔的妈妈让他去学的体育，但是他自己也很热爱体育。他背弃体育是想让自己难受。

"晚饭还行。"雅斯佩尔说。但他听起来心烦意乱，好像这并不是他打电话来的原因。

"她怎么说？"我在床上坐起来，并打开了灯。

"她怎么说？说什么？"

"唔，冰球？"我问道，希望我的语气能让他回过神来，"你还好吗？你情绪好像很低落。"

"哦，没事，我很好。"这句话一点也不可信，"我跟我妈聊得不太好。但是，我的意思是，结果和我想的不太一样。"他听起来也不懊恼，声音很平和。我等着他说下去，但是他沉默了。

"她让你退出吗？"我问道，目光落在我拍的那张老妇人和她的格子袋的照片上。就是那天雅斯佩尔第一次来我家，我们准备奔出去找凯西之前，他看了说压抑的那张。我不知道他现在是不是还这样认为。

"什么叫'让'？"他说着，试图大笑，但是笑得很假。

我的身体紧绷着。"雅斯佩尔，到底怎么了？你倒是说啊。"

"哦，你懂的，我知道她会有什么反应。"雅斯佩尔说道。他努力想打起精神。即便隔着电话，我也能够感觉到。"只不过现在情况更糟糕。"

"怎么个糟糕法？"也许我应该就此打住，不再追问，但我还是问了。雅斯佩尔这些天来都是这样，我完全应付不了。

"我妈说，如果我不打冰球——去参加夏令营——我就不能住在家里。"说着他停了下来，叹了口气，"听着，她这样做也没用，我已经不是过去那个我了，因为我差点没命。"我不知道他是否在开玩笑。但是他的声音莫名发紧，全是悲伤。我的胸口也不禁发痛。

"对不起。"我想说点儿别的来回应。但是此刻，说别的都是在骗人，我知道这种感觉。我不想让雅斯佩尔有这种感觉。

"也许她说得对。"

"所以你最后还是会去打冰球吧？"我满怀希望地问。我没忍住。虽然我不喜欢雅斯佩尔的妈妈，但是我支持让雅斯佩尔去波士顿学院打冰球。他现在太过迷茫，以至于想摆脱一件还能让他快乐的事情。

"不可能，"他说道，就像从没听过这么荒唐的建议，"我绝对不会去打冰球。"

我的心跳加速。是的，我读到的雅斯佩尔的糟糕感觉和我自身的焦虑之间有一条线，但仍然非常模糊。我只能肯定这次通话真的让我很担心。

到底是因为我自己的感受，还是雅斯佩尔的感受，我还分不清。

"我到你的办公室来了。"从营地回来一周之后，我和谢巴德医生终于见了面。我这样说，是想让她表扬我。我受了那么大的创伤，还是迈出家门，站到了她的面前。

她冲我点点头，几乎笑了起来。她一如此前在大红椅子上的漂亮娇小，像梦游仙境里的爱丽丝会缩小不见。这一点没有改变，我松了一口气。

谢巴德医生说："很高兴见到你。"

这和我所期望的"干得好"的表扬不太一样。但这是谢巴德医生一贯的风格：凡事不要大惊小怪。不管是好的还是不好的。她希望我对自己有所预期，但是她想让我清楚地知道，她自己没有任何预期。

然后我们聊了一会儿：我这些天是怎么过的，家里情况怎么样，却没怎么聊营地发生的事情。

"你知道吗，当我去找凯西之后，我的焦虑减少了。"我终于插话，大概有点唐突，"我不是应该更焦虑吗？我不敢出门，实际上根本没出过门。"

"焦虑是会变化的，威利。每个人焦虑的表现都不一样。没有什么'应该'。对一个人来说，焦虑会随着时间的推移，随着事情的变化而变化——你母亲遭遇意外让你更加焦虑，以至于你有一阵子不能出门。而凯西需要你的帮助，激发了你的肾上腺素，可能它暂时掩盖了你的焦虑。"谢巴德医生说道，"当你陷入实际的危险当中，你内在的警报解除了。你的焦虑减弱了，这并不奇怪。"

"所以说，我得一直处在非常抓狂的紧急情况下才会好？"

谢巴德医生的嘴角向下。她从来不喜欢被诘问。"有些人经历严重的焦虑期，确实会好转。另一些人的焦虑时好时坏，周期性爆发。威利，焦虑这东西不能一概而论，谁也无法预判，不能肯定。未知可以是沮丧的，也可以是振奋的。你现在来了。也许我们应该从这里开始。"

"你认为'异类'所特有的'超强情绪感知'，"——我勾起手指比了一对引号，顺便翻了个白眼，表明我没有把它当真——"导致我有问题？"

爸爸已经打过电话给谢巴德医生，跟她解释了营地发生的事情，以及与他的研究的关联，包括他新创造的词汇"超强情绪感知"。他也告诉过谢巴德医生，我是一个异类，以及异类是什么意思。真是庆幸我不用自己来说这些，特别是说我是异类，一方面让我兴奋，一方面让我困惑，更多的则是让我害怕。就好像得知自己体内有一个生长多年的巨大良性肿瘤。没错，这是个好消息：你没得重病，等这个西瓜大小的东西被切除时，你的体重会掉八斤。但你还是得和一种可怕的感觉抗争：你被入侵了，被填满了。更糟糕的是，你根本不知道它的存在。

"你认为自己有问题？"谢巴德医生问道，"讨论焦虑，不是讨论你有没有问题。"

"你懂我的意思。"我说，但是她怎么可能懂我的意思，我都不确定自己想说什么。我想要一些肯定的答案（我究竟有多焦虑），但是我不想要其他的答案（"一个异类"究竟意味着什么）。我想消除自身的焦虑，而不去管我是一个异类，我想找到真相。"你觉得有没有可能我根本就不焦虑？"

谢巴德医生盯着我，当她决定直言不讳的那一刻，我醒悟了。能够轻易地看透别人，并不一定感觉很爽。它让每个人变得那么弱，让他们的天赋变得那么平凡。

"我相信，意识是一个强大的东西，威利。你明白吗？"

我点了点头。但是我又想了想。"不，我好像不太明白。"

"这种超强情绪感知肯定会加剧你的焦虑。有的时候，你可能会把他人的感觉错当成自己的。但我认为异类造成你这么焦虑的可能性不大。我问你一个问题。你现在焦虑吗？"

我试着吸了口气。不轻松。而且我的胃确实又冷又胀。"肯定焦虑啊。"

不过，感觉上有了差异，现在我能辨出自身的焦虑所特有的寒意。它更像是我身上的背包，而不是在我体内。

"至少可以说，你现在感觉到的焦虑是你自己的，不是来自我的，威利。已经很清楚了：你焦虑，而且你有这样的超强情绪感知。两种焦虑有什么区别，只有你自己能分清。"

但是问题就在这儿。在雅斯佩尔和我逃脱后的那几个小时，凯西的事像阴影一样笼罩着我们，我觉得"异类"能解释我身上所有的问题。这个解释让我重获自由。但是很快，"我是异类"变成一个不断产生更多问题的无底洞。目前我决定把它盖上盖、锁紧。我知道只有我一个人有使用钥匙的权利。

不过还没有。我礼貌地拒绝了爸爸所有的"后续测试"，也没有让他教我用我的超强情绪感知或者"阅读"能力"做更多的事"。我连爸爸接下来要研究什么也不想知道。我只知道他主要有两个疑问：异类的能力"范围"（如果我们勤加练习，能做到什么）和异类的能力"来源"（它如何产生）。

爸爸在意外地发现了三个初始异类——我和另外两个女孩之后，用几个志愿者做了另外的"探索性"研究，但是没有什么发现。在这些探索性研究中，他注意到"异类"都是年轻女孩。所有这些都发生在营地的事情之前。现在，爸爸把大部分的时间都花在了申请研究经费上，只有拿出一个真正的且同行会去审视的"异类"研究，证明"异类"的存在之后，他才能够转向更为复杂的问题，比如"异类"的能力来源和能力范围。现在的这些发现，好像无法引起科学界的兴趣。

"如果我不想做一个异类呢？"我问谢巴德医生，我的喉咙出乎意料地紧。

"这不是你能决定的，威利。你也不能决定自己是否焦虑。"谢巴德医生身体前倾，注视着我，"但是你能决定你是谁，还有你要做什么。"

我屏住呼吸，不想让手机那头的人听出我很紧张。"雅斯佩尔，你刚才说你妈妈说得对，是什么意思？什么东西她说得对？"

"不和她一起住，这一点说得对。"他说道，"我就睡大马路好了。这样完全自由，然后走一步，看一步。"

"看什么？"我呵斥道，心中的恐惧升腾起来。

"所有的事情，"他说，"我很抱歉把你吵醒了，威利。你有睡意，这很好。我们可以晚些时候，或者明天，再说我妈妈和其他事情。管他呢。我又不是因为这个才给你打电话。我醒着，想跟你打个招呼。就是这样。"

他在说谎。即使隔着电话，我也能感觉到。

"我都醒了，你接着说吧。"

然后我们陷入了我讨厌的沉默。

"你知道吗，你说得对，"雅斯佩尔终于又开了口，"凯西那么失控，是我造成的。"

我感到害怕。我的确说过——在我们到缅因州之前就说过——也许还说过不止一次。而且，我的天，我当时真的是那个意思吗？我当时究竟有多责怪雅斯佩尔，现在竟然都记不起来了。

"我不该那样说，雅斯佩尔。当时我害怕一切都是我的错，我是个不称职的朋友。凯西陷入混乱不是你的错，也不是我的错。"

雅斯佩尔说："即使我很喜欢凯西的混乱？"现在我能感觉到他有多内疚。他为凯西的死而自责，不只是自责在木屋里最后时刻的所作所为。他认为是自己一开始酿下了恶果。"是我一遍又一遍挽救她，才害了她。"

我的胃抽搐着，又冷又胀。这是我的感觉，不是雅斯佩尔的。

"谁不喜欢做英雄呢？"我安慰他。

"话没有错，"雅斯佩尔说，"但是别人不该为此而死。"

他的语气又恢复到之前的冷漠。

"要不我过去看看你吧？"我说道，"你还是别自己待着了。"

"不用，我没事。"

"没关系。我不介意。"我已经下了床。即使爸爸不乐意，他还是会送我去雅斯佩尔家的。

"不，威利，"雅斯佩尔这次更大声，"我很认真地跟你说，不要来，我不想让你来。"他喘着粗气，"我——是我妈妈，她刚下夜班，刚才从医院回来。如果把她吵醒了，她会很生气的，她已经对我很恼火了。"

"你确定不用我过去吗？"我问道，"因为我觉得——"

"我确定。你现在过来，只会帮倒忙。"他坚定地说，"不如等天亮了你再过来。我们可以一起散散步，聊聊天。"他的声音缓和了一些，更加温暖，也更可信。

"散散步，好的。"我说。

"我真的没事。我妈妈的习惯是上过夜班之后，第二天早上十点多起床。你那个时候来行吗？"

"行，但是你要答应我一件事。"

"什么事？"

"好好的。"

我说这三个字的时候喉咙非常紧，只能用力咽口水。雅斯佩尔是如此的支离破碎。他本不应该这样。尽管他有一个混乱的爸爸，和一个只希望他打球的妈妈，但他还是那么乐观。我才应该是那个支离破碎的人。

"我保证。"雅斯佩尔说。他答应得太快，显然是强打起精神。"你也得答应我一件事。"

"没问题。"

"明天来之前打个电话。"

3

我在饼干和面包的香味中醒来，失忆了好一会儿。然后一切都
又浮现：雅斯佩尔，去他家，早上十点，还有夜里的反胃。我转身
去看时钟，现在才七点半。要打发时间，又不去担忧雅斯佩尔，最
好的方式是接着睡。

但是我听到楼下有说话声。是吉迪恩和爸爸。他们不高兴。我
把一个枕头盖在头上，但没有用，我还是能听见他们的声音。

我下了楼，看见爸爸站在炉子边上。他的嘴巴紧闭着，好像要
把牙咬掉一样。

"就这样？"吉迪恩坐在他的餐凳上，身体后仰。我的孪生兄弟
又一次准备好吵架。他正等着呢。

我能清楚地感觉到。我躲过了爸爸的后续测试和训练，但是自

打从营地回来，与谢巴德医生做了那次咨询，我已经在提升异类技能上取得了很大的进步。那是我的盒子。我的钥匙。

我一开始先在家里练习，读吉迪恩和爸爸的感觉，直到准确无误。感觉并不好。吉迪恩的愤怒毒性好大，感觉烧我的皮肤，而爸爸的悲伤让人感觉窒息。他们差不多也是这样的感觉。最终，我知道我需要接触更多的人，做更多的练习。

在牛顿公共图书馆，我发现，当人们沉浸在阅读的书籍中时，我很难读出人们的感受。所以我去了餐馆，在那里，有人分手，有人坦白，有人承诺，有人争吵，有人道歉。而且因为他们停留用餐，你有足够的时间读出他们的感受。正是在那里，我学到了异类规律1：目光交汇有助于读人和异类规律2：在人群中的人的情绪难读。不久之后，我又发现了异类规律3：勤加练习，读人会读得更好。在我刚去餐馆的时候，只能读出基本的情绪——快乐，悲伤，愤怒。而五周之后，也就是现在，我能区分羞耻和后悔，快乐和满意。

不过，我越擅长读人，就越不想让人知道。爸爸则很努力地尊重我的界限，不强迫，不干预，这一点让人意外。

不过话又说回来，也许他不会吃惊于我自学掌握了异类技能。我以前学游泳就是这样。吉迪恩跑到游泳池边，一跃而入，差点被淹死，幸亏爸爸救了他，然后告诉他如何游泳。而我花了几周时间在浅水区来回走，还呛了好几次水。但是我最后还是全凭自己学会了游泳。

"嗨，威利，"爸爸见我站在门口，于是跟我打招呼，他笑了，庆幸我出现了。"你要来点儿煎饼吗？"

吉迪恩怒气冲冲。

他反感爸爸转换话题。他反感看见我。不，不对，说反感太轻了。吉迪恩今天早上被我激怒了，这让我大吃一惊。

这也是为什么我接受不了异类这个身份的一个原因。谁的心那么大，敢去了解别人对自己的真实感受？接受不了的另一个原因是，我现在想做正常人。我是异类，就意味着我会永远格格不入。

我爬上吉迪恩旁边的凳子，试图忽略他对我的愤怒。真希望我没有下楼来。这时候，爸爸把装着煎饼的一个巨大盘子放到我的面前。

"好消息！看来国家卫生研究院可能要资助爸爸做正式的异类研究了！"吉迪恩喊道。好像我们最后又回到了争论不休的问题上。

从某种角度说，也许是个好消息。吉迪恩自己的测试结果是平均水平，这一点爸爸不能说谎。也就是说，当分开测试听觉和视觉限制时，他的非视觉、非自觉的情绪感知是正常的，但是他——像绝大多数人一样——不具有超强情绪感知，他不是异类。吉迪恩可能还抱有成为异类的幻想。但是爸爸坚持说，吉迪恩不可能是异类，因为异类只能是女孩。是什么原因他可能还不知道，但这并不妨碍他抱定这一重要事实。

起初，吉迪恩抗拒"只能是女孩"这种说法，他认为爸爸的实验有一些小而重要的误差。但是，爸爸拒绝在确认性别差异上浪费时间，这激怒了吉迪恩。怎么可能所有的男性都被排除在外。

我很想指出，在除此以外的事情上，男孩都已经占了上风，比如：身高，跑步速度，不用分娩就能繁衍后代。还有，他们出门根本不用担心被强奸，而女孩们则要一直提心吊胆。

但是我知道吉迪恩将是什么反应：他会认为我在宣战。谁会想去和一个疯子打架？

爸爸说："国家卫生研究院积极回应了我们的资金申请。但是不保证批下来。"

"爸爸，你怎么不告诉她其他的事？"吉迪恩继续说，"毕竟这是她的大脑。"

我睁大眼睛："告诉我什么事？"

爸爸深吸一口气，然后抬头看着我，强挤出一个笑容。"其他的事还没有定下来。但是，有一位加州大学洛杉矶分校的神经学家认为她也许能找到根源问题。听起来是很有希望的，但是还需要时间。"

我的心跳已经加快。骇人的最后诊断就要来了，真是怕什么来什么。我还没有做好准备。我可以接受自己是一个异类的事实，在体味其中含义的过程中，我还能感觉到一点乐趣。但是我仍然害怕知道自己为什么是异类。这其中的一些东西太永恒了。我有用双手把耳朵堵上的冲动。想想就知道，吉迪恩肯定会幸灾乐祸的。

"你告诉她呀，"吉迪恩说，"告诉她神经学家的想法。"

"吉迪恩，如果威利想要了解这些细节，她可以问我。"爸爸严厉地说。然后他转过身，对我说："慢慢来，不着急。"

"我来剧透一下：你的大脑不正常。"吉迪恩对我耳语。

"吉迪恩，你这样是在添乱！"爸爸喊道。他深吸一口气，试图冷静下来。"而且这样说也不恰当。'正常'是一个毫无意义的词。"

"毫无意义的词?"吉迪恩喊道,他推开盘子,从椅子上跳下来。"哦,等等,我明白了!威利越不正常,就越好。哇,看来我所做的正中你下怀,你想看她表演一场怪胎秀。"吉迪恩摇摇头。"不过爸爸,咱俩都知道,异类意味着毁灭,而不是特别。"

"吉迪恩。"爸爸咬牙切齿,同时低头望向柜台。"你是独一无二的。"爸爸很难堪,但他太愤怒了,因此话听起来一点也不可信。"威利,吉迪恩是在怪我,他把气发在你身上。你没哪儿不正常。"

"除非那个人说的是对的,是某种疾病。"吉迪恩说着,一只手放在自己的椅子上,好像突然不打算去别处了。"否则,她就是不正常。"

爸爸闭上眼睛,鼻孔张大——他是真的生气了。显然,他告诉了吉迪恩什么东西,可能一开始没在意,但现在后悔了。

"什么疾病?"我问。我别无选择。"疾病"这个词引发了我的焦虑。

"我已经与众多的专家交流过,"爸爸现在恢复了冷静理性,"而且我很高兴,因为我从中获得了更全面的认识。然而,有一个非常执着的免疫学家一心想说服我超强情绪感知是一种疾病,是感染造成的一种失调。"

"你在说什么?什么意思?"

"有几种病毒,理论上可能会导致心理症状,而在我的探索性研究中,我发现一些异类有不同的心境障碍。不只是焦虑,还包括一系列的问题:成瘾、厌食、自残、抑郁、反社会和犯罪行为。"

"你终于找到同类了，威利。"吉迪恩说，刻意注视着我剪坏的头发。它长出来了，但还没长好。"病了，脑袋有病。顺便说一句，爸爸说的这位免疫学家是康奈尔大学的教授！"

"是的，科尼利亚博士和康奈尔大学有联系，他是纽约大都会医院的医生。"爸爸说，"但是你要知道，他的大前提是基于假设的。在我的探索性研究中，绝非所有的异类都表现出行为或心理障碍。更别提另外两个原始的异类，她们根本没有这样的问题。因此，焦虑等情绪障碍和异类之间可能会有一些关系，但这种关系肯定不是简单的因果关系。"

我想这应该是安慰我的话，但是没有效果。

"康乃尔大学的科尼利亚博士？"我只想问这个问题。

"是的，有点拗口。康奈尔大学的科尼利亚博士还出过一本非常有争议的关于生物恐怖主义的书，他正在积极推广，并且他的职业也迫切需要重启。"

"生物恐怖主义？"我问，但是现在吉迪恩和爸爸相互看着对方。

"不过，科尼利亚博士也是有来头的人。"吉迪恩转身看着我。"不太可能是不可能的事情。对吧，爸爸？她还是有可能有病。"

吉迪恩想用话伤我。可笑的是，他居然成功了。

"不，不对。科尼利亚博士的理论并没有充分解释超强情绪感知。"爸爸将最后一块煎饼从平底炉上倒到空盘子里。然后他像有些店员那样，把锅铲竖在柜台上。"吉迪恩，你宁愿我骗你，说你是一个异类，或者你可以成为一个异类？这不是侮辱你的智商吗？"爸爸用力呼出一口气，"威利是一个异类，而你不是。就是这样。这不代表我对你的爱会少。也不代表你不特别。只不过你和威利特别的地方不一样。这就是事实，吉迪恩。你还想听到什么？"

"我想听你承认，现在你只在乎她。"吉迪恩指着我，但至少他没有看着我，所以他满满的仇恨没有朝我扑过来。"你的女儿就是你的研究对象。你哪儿还需要我？"

爸爸皱眉。"吉迪恩，你知道我的感觉并不是这样。"

"不，爸爸，我哪儿知道你是什么感觉。"吉迪恩的声音轻了下来，很受伤。"你忘了？这是威利的专长。"

爸爸闭上眼睛，低下头。当他离开房间时，吉迪恩狠狠地推我的肩膀，几乎把我推下椅子。他冲向门厅时，我爬了起来。他夺门而出，留下爸爸和我望着大门。

4

当爸爸终于睁开眼睛，他再一次强装微笑。和之前一样没有说服力。

"还不错，"他轻声说着，转向面前堆着十几个煎饼的盘子，"请告诉我你饿了。"

还没有等我回答，他就端起盘子，走到垃圾桶边，一只脚踩下踏板，桶盖打开了。但是他又想了想，松开脚，桶盖关上了。他拿出一些保鲜膜，把煎饼一个个包好，然后全部塞进冰箱。神奇的是，他似乎又有了精神。他可能不知道如何和吉迪恩沟通，但是现在我们有足够过冬的煎饼了。

"所以，康奈尔大学的这个家伙认为异类是种病……"我开了口，然后又停止。话说一半更容易得到诚实的答案。

爸爸直视我的眼睛。我能感觉到，他想让我知道他在说实话。

"科尼利亚博士只是希望他投身的是他认为会得到媒体关注的东西。"

"什么媒体？"

我们原本都以为营地归来之后会有很多记者和电视摄像机涌来，还为此做了准备，但事实是，只有《波士顿环球报》进行了小篇幅的报道，主要是讲凯西被邪教残害（警方也正式认定凯西的死为一宗凶杀案，反正也无人起诉）。文章提到爸爸的研究，只是因为它和昆汀有关，昆汀只被描述为与集体有关的"邪教"头目，结果集体是有着不同信仰和分支机构的全国性组织，他们中大部分都不喜欢被叫作邪教。他们在文章的网页评论处非常清楚地表达了这一点。似乎没有人关心异类和超强情绪感知，也许是因为一直缺乏正式研究的检验证实，也许是因为科学没有"邪教"这个词语性感。

对爸爸的研究感兴趣的只有一个博客——EndOfDays.com，意为"世界末日"，他们自称只是集体的"中立派"成员，并且把营地的死亡归咎于爸爸的研究。他们认为集体成员是陷入了科学鲁莽致命的交火的无辜受害者。爸爸不想让我们去看那个博客。所以，我没有看。而吉迪恩，想都不用想，他去看了太多。

"只是些自大狂，认为自己应该界于人和天意之间，"吉迪恩看着餐桌上的笔记本电脑读道，"干扰这个神圣的盟约为人憎恶。"

"到底是什么意思？"瑞秋问。她在厨房帮着爸爸洗碗。营地的事发生之后，她和我们的关系更紧密了。这不是好事，无论她心意有多诚（而且我也不信）。"算了，当我没问。我不关心是什么意思，你别再读了就行。"

瑞秋经常用这种貌似很熟的口气和我们说话，就好像她是我们吵闹而百无禁忌的家族的一员，而且她被允许大喊，因为反正都是出于爱。但是我们不吵的时候，每当她用这种语气说话，我都很生气。我很烦吉迪恩读那个博客上的东西来折磨爸爸，但是我更烦瑞秋对吉迪恩说话的口气。我很难想象她曾经是妈妈的朋友。

瑞秋和妈妈三年级的时候在纽约布鲁克林区帕克斯洛普相识，虽然她们后来读了不同的高中，不同的大学本科，不同的研究生项目，但一直是关系最好的朋友。当她们终于找到第一份工作时，还高兴地一起来波士顿。瑞秋是妈妈的婚礼伴娘，而且有无数的照片记录下了瑞秋抱着还是婴儿时的吉迪恩和我的样子。

然后突然之间，瑞秋消失了。从我们的生活中消失了。凯西和我疏远之后，有一次妈妈想安慰我，说到她和瑞秋也疏远了。但她们的疏远是如此突然和彻底。我当时就知道——那时我还不知道自己是异类——妈妈隐瞒了重要的细节。妈妈的葬礼结束之后，瑞秋重新出现时，我想过问问爸爸她们之间到底发生了什么事，但是爸爸一直情绪低落，伤心不已，我感觉不应该再问这个问题。而且，有一个曾经和妈妈走得很近的人在身边，多少会觉得是一种安慰。

"那个人跟踪爸爸，"吉迪恩说道，他显然很享受瑞秋的反应，"世界末日。他是集体的一员，他把几乎所有的事情都怪在爸爸头上。"

"什么？"瑞秋一边问，一边又把一个洗净的盘子递给爸爸，然后用毛巾擦干双手，"本，吉迪恩在说什么？跟踪你？"

"那家伙太闲了，说实话，我也不知道他想干什么。我只知道他很生气。反正也没有人会看那些东西。"

"可是有 3523 个人评论哦，"吉迪恩说，"还有人负责统计呢。"

"本？"瑞秋喊道，"你报警了吗？听起来不容小视啊。"

"警方做了调查。那家伙住在佛罗里达州，"爸爸说着，挥了挥手，好像佛罗里达州和火星一样，"反正克鲁特警官不关心。"

"克鲁特警官？那个跑来找威利的人吗？"瑞秋瞪大眼睛，问道，"说真的，本，我觉得你应该提高警惕，保护好自己。"

我看着爸爸的鼻孔放大。"你觉得我难道不知道吗？"他很生气，但也很受伤，他转过身，将水杯里的水倒入水槽，"瑞秋，谢谢你来吃晚餐。我有点儿累了。"他说，"你还是早点回去吧。"

"本，对不起。我不是想——我是，我是好意。"穿过客厅时，瑞秋抱歉地微笑。她嘴角僵硬，我能感觉到她很想哭。"我保证下次不再多嘴了。"

"嗯，威利，到目前为止，还没有媒体关注。"爸爸继续说，"但是如果我能说服国家卫生研究院出资做一个全面的异类研究，同行也开始重复试验、发文，那么很快就会不一样。亚利桑那州有一位叫拉索的参议员坚持与我会面，他是情报小组委员会的。但是他不知为何纠结于我的资金申请。我猜他担心会妨碍军方一直在做的一些秘密研究。"

"秘密研究？"恐惧一定就写在我的脸上。

爸爸做了个鬼脸，然后双手相握："我只是说，军方所做的一切都是秘密进行的。他们几十年来一直在研究如何在战斗中运用情绪感知。"他说，"他们没有成功，但是我确信，他们不希望有竞争对手，或者说无法控制信息的流动。"

这时候，爸爸的手机亮了，来了一条消息。当他低头看手机屏幕时，我感觉他有些焦虑。

"什么内容？"我问道，"出了什么事情？"

"没，没事——和研究无关。"他说。

他将手机递给了我。上面写着："荷普·郎的事故档案将于今天上午九点提供。祝好，奥希罗警官。"

我读了三遍，才搞明白是什么意思。感觉没有前后文。但明明是我打从缅因州回来就天天给奥希罗警官打电话，要求看妈妈的事故档案，我自己居然忘了，太蠢了。这是因为昆汀说我妈妈的死并不是意外，弄得我心神不宁。并不是说昆汀在营地说的其他事都是对的，只是这句话触动了我的神经。就连爸爸也承认，他怀疑过妈妈不是意外死亡，但他发现这让我困扰不已之后，就改口了。

"威利，这话我只说一次。"爸爸的声音很轻，"我这么说，因为我既是你的爸爸，也是一个心理学家，而且我不想看你再受到更多伤害。看你妈妈的事故报告对你来说可能会造成极大创伤。非常大。里面可能会有照片或细节，你可能没有做好心理准备。"

确实，我为了获取这份档案想过很多办法，却没有细想过里面会有哪些内容。我似乎不太可能拿到档案。奥希罗警官说过，要看档案，必须要更高一级部门批准、许可。不论结案与否，他们通常不会让受害者的家属看档案。

雅斯佩尔。我想跟他聊聊。也许我需要这样做，我首先想到的就是他。自打营里归来，他就一直在听我说妈妈的事故。他知道我多么想看那些文件。但是他也会理解，为什么我终于拿到了想要的东西，却不知如何是好。我知道，雅斯佩尔最大的优点就是不去评判。但是有些话当着爸爸的面我又说不出来。

"如果我受不了，我会停下来。"我说道。因为我不能表现出迟疑，尤其是在爸爸的面前。

爸爸耷拉着肩膀说："好吧。"他转过头，开始清洗餐盘。

"爸爸，"我说道，"虽然我也不知道自己想说什么，"如果你不想让我去……"我说不出口，我好害怕他会追问我。

他没有追问我。他只是转过身来，看着我。他双臂抱在胸前，紧紧闭着嘴巴。我现在感觉到的是爱，他对我的爱——如此纯洁、简单、完整。而且，这是第一次——能够清楚地感觉到他对我的爱——我庆幸自己是一个异类。

"饿着肚子去不太好，"他说着，来拿我的盘子，"吃点东西，然后我开车送你去。"他看着手表，"九点钟出发吧。"

我抬头看了看炉子上的小钟：早上 8:34。那我就在路上给雅斯佩尔打电话，看看要是十点之前看完档案，能不能早点过去。这和现在就打给他不同。警察局距离他家不远。如果电话没打通，我就按照先前约定的时间，十点钟去他家找他。

也许在解决了他的问题之后，我们可以花一点时间聊聊我的事情。

"我们现在就去行吗？"我问道。

爸爸缓慢地点了点头。

"好吧，"他思索片刻，终于说道，"现在就去。"

5

牛顿警察局坐落在市中心，是一栋红砖楼，街角有一块方形白石，位于其他几栋市政大楼和几棵树木的旁边。我从来没机会进到里面。即使是上次从营地回来，他们也是直接开车把我们送回家，然后派警察过来。不过从外面看，这座建筑除了红砖，都很像塞内卡警察局所在的那栋楼。

但是我们一进来，就发现它和塞内卡警察局完全不同。牛顿警察局更大更现代，也更繁忙。我其实没想到这里有这么繁忙。牛顿的犯罪率这么低，怎么会有这么多人出现在警察局呢？

十几张书桌排列在左侧栏杆后面的一个大房间里。在一张高高的桌子后面，坐着一位看着很疲倦的穿制服的警官，他的头发花白，眼睛皱巴巴的，他正在引导人们排成两列：一列是要投诉、准备立案的；一列是有传票、待处理的。这一切似乎都很官僚主义，且超级无聊。

爸爸和我排在队伍的最后，我听见投诉的人在进行登记。一个男人的公寓遭人闯入，一个女人的车被毁坏了，等等。排到我们的时候，是上午9:05。我在去警察局的途中给雅斯佩尔打了两次电话，他没有接听。现在，我不仅想和他说话，还因为他没接电话而产生了一种不祥的预感。

"嗨！"我过了一会儿才意识到，高高的桌子后面的警官终于和我们说话了。

"威利？"爸爸担心地把手放在我的手臂上，他看到我的犹豫，"你没必要这样做。"

"有必要。"我尽量坚决地迎向爸爸的目光。

他不情愿地点头，于是我们继续向前走。"我们是来找奥希罗警官的，"爸爸说，"我们跟他预约过的。"

"在这里稍等。"老警官指着桌子前面的栏杆，没有抬头看我们，而是拿起电话。

没过多久，奥希罗警官就出现在了视野里。我只见过他一次，我忘了他这么高大和威风。宽宽的肩膀，紧身的衬衫，时尚的领带。帅气又年轻，也不是太年轻，但是比爸爸年轻。比我印象中事故发生后来的那位老警官年轻不少。

那天，奥希罗警官表现得很镇静，友善，有能力。在陈述妈妈事故的事实时也很积极。妈妈的死是一场意外。这一点他从来没有动摇过——调查人员没有发现任何可疑之处。汽车撞击气罐区域的栏杆，导致起火，仅此而已。没有迹象表明是他人谋杀。

"威利，有一件事情你应该知道。"爸爸突然说道。他语速很快，声音紧张，就好像他只剩这一次机会纠正。"他们认为你妈妈在事发当晚喝了酒。她很沮丧，在这件事上我负有责任，"他说，"但事已至此。你会在档案里看到这些内容，我只是不想让你大吃一惊。"

"喝了酒？"我问道，承认这一点令他如释重负，而我呢？我很愤怒，"你到底在说些什么？"

我还以为他一直在努力保护我免于悲恸。他一直不想让我知道的就是这件事情，这件根本说不通的事情？妈妈就喝了那么一次酒，就发生了意外？

"威利，我知道——"

"那不是真的。"我很生气。但是我的反应很可笑，就像一个不相信牙仙并不存在的小孩。

"郎博士，很高兴见到你。"奥希罗警官先于爸爸开了口，但是他很受伤。我能强烈地感觉到。而我很高兴。爸爸和奥希罗警官握手，然后警官转身和我握手。"言归正传，我给你们安排了后面的一间会议室，方便你们慢慢看。"

奥希罗警官打点好了。他起初不想让我们来看档案，但是现在既然我们来了，他就要拿出专业的一面。

我以为房间里的其他警官会盯着我和爸爸看，因为奥希罗警官把我们带向会议室，大厅会安静下来——他们来了。他们即将知道一切。但是我想错了，其他警官连头也没有抬。因为他们根本不在乎。因为没有什么惊人的秘密要揭晓。至少不会让时间倒流，不会让妈妈复活，也不会让所有这些关于异类的鬼话消失。我来警察局是这个原因？我让爸爸承受这次创伤，就是为了转移注意力？

"我可以自己去。"我对爸爸说，这时候奥希罗警官已经在一组大门间止步。我还在气爸爸突然给我扔下"喝酒"这枚重磅炸弹，但是现在我很愧疚。"爸爸对不起，我不应该让你来这儿。"我说道。

爸爸转过身，对我微笑，神情悲伤，但是欣慰。"我就不看了，怕受不了，但是我会在里面陪着你。"他俯身握住我的手，"威利，我知道你承受了很多，"他指的是所有的事情：异类，营地，昆汀，妈妈出事，"我想告诉你，你处理得很好——我为你骄傲。"

会议室很普通，没有窗户，但是里面很干净，与其他警官所在的大厅只隔着一大块玻璃。会议室里出奇的安静，也许是因为玻璃的隔音效果好。靠墙的地方放着一张小桌子，一边有两把椅子，一边只有一把。桌子中央放着一个长方形的纸盒，大约有三个普通书盒那么大。我看着它，觉得心跳加速。

"我在外面等你们。"奥希罗警官指向只有几步之遥的办公桌，"请不要销毁证据袋中的任何证物，也不要把它们从这里带走。如果你在你母亲的个人财物中看到任何有价值的东西，请告诉我，我保证你今天能够带走。"

"好的，谢谢，"我说着，看了一眼自己的手表：上午9:15，"我会很快的。"

奥希罗警官点点头，然后带上了门。我盯着盒子，深吸一口气。突然间，我感觉做这个决定是错的。我不清楚这个感觉从哪里来，但是它特别的真实。

"威利，你慢慢看。"爸爸说，"我们来都来了，我想你只有这一次机会，好好把握。"

他说得没错。我想要真相，就要看仔细。机不可失，失不再来。

我凝视盒子一分钟。盒子看上去全新，顶部洁净，标签干净清晰。档案名：荷普·郎。日期：2月8日。事项描述：车祸。普通的描述，既让人宽慰，也让人失望。我一方面希望某个地方可能写着"谋杀"，另一方面又怕看到这样的字眼。

当我把长长的盒子盖打开时，我扭过头去，让最可怕的鬼魂逃出来。我在牛仔裤上摩挲着手掌，然后把它们擦干，并深吸一口气。然后我转头面对打开的盒子，做好了看到一些着实可怕的东西的准备，比如说我妈妈烧焦的骨头。但是它们并没有出现。那只是一个普通的盒子，里面一分为二，一边是一些悬挂式文件夹，另一边是一沓证据袋。

最上面的证据袋里面装着一个小的银黑色的东西，像一块坚硬的混凝土。我凑近一看，才意识到那是一把汽车钥匙。或者说，曾经是一把汽车钥匙，现在已经面目全非。我的心一下子跳到嗓子眼，爸爸是对的——这比我预想的还要糟糕。因为我现在脑子里全是妈妈液化的画面，还有凯西液化的画面。我爱的人缩成一摊水——然后变硬，化成一块无形的石头。

我的视线从证据袋和文件夹上转开。我看向爸爸，想看他是否在看我。我奢望能从他脸上看到一个停下来的理由。但是他在看手机，不知道在看电子邮件还是短信。然后他皱起眉，开始打字。他是不会来拯救胡思乱想的我的。

我又望向盒子。是我要来的。我要相信自己有充足的理由。而且我需要快速看完。第一个文件夹里有一名事故调查员的报告，还有奥希罗警官与爸爸、吉迪恩和我三个人的沟通记录。我取出与爸爸的沟通记录。记录很长，有好几页，我没有心情逐句看，只见这句："丈夫说，郎女士离家时情绪激动，但是丈夫没有理由认为她会自杀。"

与吉迪恩的沟通记录则短得多。我还能回忆起那天晚上他坐在台阶上，没有眼泪，只有震惊和沉默。但是短短几行的记录中写道："儿子说，他的母亲在晚上9点左右离开家。他没有具体回忆她的精神状态。"

我记得他们也问过我同样的问题。他们非常关注妈妈的情绪状况。我现在才知道，那是因为他们认为妈妈可能是自杀。一辆车，致命的意外。排除自杀可能只是例行程序。我不记得自己是如何回答的，但是看了沟通记录，我知道自己当时显然决定说谎："女儿说，她的母亲外出买牛奶。妈妈心情很好。"

我想知道自己一直想保护的是谁：爸爸？我妈？我自己？

接下来我抽出的是尸检报告。尸检报告只有一页纸，当我试着去看纸张顶部——可能是最没危险的细节的时候，纸在我手中颤抖。名字，身高，体重。但那也不足以下定论。妈妈的身高和体重都用了"估计"这个词。毕竟，只剩下断裂和烧焦的骨架，他们很难对身高和体重进行准确的度量。我扫视全篇，看到报告底部有一行字——

死因：钝力外伤。死亡方式：意外。

我这才松了一口气。还好，汽车起火的时候她已经死了。这是多么可悲的安慰。

下一个文件夹看着很空，我斜着倒了倒，里面滑出一个信封。我缩着头瞟了一眼，看到里面是一些照片，照片上有妈妈那烧黑的、严重损坏的车头。我闭上眼睛，用力咽口水，以免自己呕吐，并赶紧把信封塞回了文件夹。

"你还好吗？"爸爸问我。当我抬起头，他正在看我。

"你还好吗？"我没有回答，而是问了他同样的问题。我想把话题从自己身上移开。"你一直不停地在用手机。"

"哦，是啊，抱歉。"他心神不宁，又很内疚。"参议员拉索办公室的助理刚才发来电子邮件。要是我现在去华盛顿特区，下午就能见到他和国家卫生研究院的人。"他摇摇头，不满地说，"但要是我不去见他们，他们就不批给我科研经费。如果这次不去，就必须等到9月，因为参议员夏季休会。感觉他们存心刁难，想让我自己放弃。我都不知道参议员还能影响国家卫生研究院的科研经费。"

"没法赶过去吗？"虽然我自己一直在回避这些消息，但是我不想看他因为自尊而远离重要发现。

他看了看时间。"如果我现在就去机场，也许能赶在下午晚一点与他们会面，然后夜晚再飞回来。"他认为这样做有点荒唐。我能感觉到。照他们说的做，是一种侮辱。但是他也在犹豫，好像怕错失什么。

"但或许你应该去？"我问道。因为这似乎是他的感觉。

"威利，我还有别的方法筹集研究经费。"他盯着地板，皱起眉，然后他点了点头，"但或许我应该去，是的。我对政治游戏从不感冒，这可能是我的研究迟迟无法推进的原因。但是现在我不能再由着自己的性子了。"

我知道他说的"现在"是什么意思。他现在陪着我。

我点点头。"你去吧。"但是刚说完，我就后悔了。我真想知道自己到底在后悔什么。

"我不想把你留在这里。"他指了指盒子，"看这个。"

"没事的，"我违心地说，但感觉也不全是谎言。他有理由去——他应该去。他应该抓住机会。我已经在自己也不清楚缘由的情况下，害他经历看档案这件事了。"我看完档案之后要去见雅斯佩尔。我答应他去他家。我可以从这里走着去。"

"哦，"爸爸没有掩饰他的疑虑，"'答应'，听起来很严重。"

他很喜欢雅斯佩尔，但是他和谢巴德医生都在担心同一件事：雅斯佩尔把我拖下水。而和爸爸争论这一点更是困难。雅斯佩尔的现状他看在眼里：重重的黑眼圈，谈话的时候目光涣散。我明白爸爸为什么担心。我很为难。但是，爸爸除了在凯西的葬礼之前提过雅斯佩尔，此后就绝口不提我们的友谊。瑞秋则相反，她趁受邀参加葬礼之机，直接批判起来。

"那些女孩要是上了大学，一半人会在毕业前怀孕。"瑞秋扫了一眼玛雅和其他人，朝我嘟囔。我们站在凯西家的接待处，凯西的葬礼才刚刚结束。玛雅和她的朋友从一开始就追着雅斯佩尔，以一种"恶心"的方式安抚他，但是这样做毫无意义，因为他太伤心了。"我就纳闷，穿超短裙、扭屁股，她们到底是怎么想的？这是他女朋友的葬礼啊。"

我转过身，看着瑞秋，不知道应该生气还是感激。感激有两个原因，首先，她来了，第二，她试图像我妈妈一样评判玛雅和她的朋友。因为她一直如此。我从缅因州回来之后，她一直如此。也许她的这种做法让我更加愤怒：她自以为能和我妈妈相提并论。

"就那样想的。"我平淡地说，不想看她们。更不想管她们。以我对雅斯佩尔的了解，她们的关注正在加重他的难受。

玛雅和她的朋友们在凯西的葬礼上抽噎，妆也哭花了。但是就这么近的距离，我不会感觉错——她们是在装模作样，其实她们的心里在想：呃，靠，好烂啊，但凯西真是一场灾难。

"我想你也应该远离雅斯佩尔。你瞧瞧他，"瑞秋继续说，"他已经彻底崩溃了。你们俩这样下去，我都可以预见到——"

"打住，"我打断她，"我是认真的。"

瑞秋竟敢对雅斯佩尔和我发表预测？雅斯佩尔和我经历了这么多，成了朋友，但是仅限于此。瑞秋影射我们，让我非常不爽。

也许我不想被人提醒这种情况下"正常人"应该是什么感受。也许正常人会像玛雅和她的朋友那样：时刻准备把雅斯佩尔从朋友变成男朋友，一有机会，立马下手。我关心雅斯佩尔。我关心他的遭遇。但是不像她们那样。不，我不像她们。

我还是别去想所有这些复杂的东西比较好——这不是否认，事情也不是瑞秋想的那样。我根本不想谈恋爱。一年前我谈了第一个男朋友，特雷弗，他一直回避责任没有错，是我的问题。我绝对不能成为雅斯佩尔的困扰，尤其是现在。大家都很担心他把我拖下水，但是谁知道我会沉多深、多快？我又会不会拖累他？

"抱歉。"瑞秋举起手来，然后把手夹在腋下。她并不觉得抱歉。我能感觉到她很想继续说雅斯佩尔和我的"关系"。

"你到底想干吗，瑞秋？"我咄咄逼人，脸颊发烫，"你说实话。"我的声音太大，人们开始注视我，"你是我妈妈的朋友。而她已经死了。你可能觉得你是在帮我，但是并没有。你不如去给自己找点乐子。"

瑞秋惊讶地看着我，愣在那里。但是她没有爆发，也没有说我冒犯她，而是点了点头。"你说得对。"

接着，她走近我，用一只手臂抱住我。而我自然开始号啕大哭，不能自已。直到我感觉有一只手放在我的背上，我才停止哭泣。我猜是爸爸的手。

"威利，我知道你很难过。我知道她对你来说有多重要。"一个男人的声音，但不是爸爸。而且从瑞秋脸上的表情来看，她并不赞成他碰我。

当我转过身，我看到的是凯西的爸爸，文斯。他的头发快齐肩了，新胡须让他的脸显得更加柔和。这是嬉皮士、度假版的文斯。他在戒酒的近一年时间里，开了一家皮划艇租赁店，洗心革面。他还迷上了新世纪音乐，这一点凯西曾经告诉过我，但是她带着一种骄傲。至少他戒酒了。

文斯致了悼词，悼词很美——动人心弦，且很体贴。悼词成功地道出了凯西所有的优秀品质，并把她的死置于有意义的情境。如此完美，我都差点对文斯产生改观。但是我没有忘记：他就是一个混蛋。

"发生这样的事情，我很遗憾。"我说道。

他的笑容看起来善良、高尚，但是感觉上完全相反。"嗯。"他只说了一个字。

我等着他后面的话。等着他说人们都会说的那些话：不是你的错，我们都知道你多爱凯西，等等。但是他什么也没说，而是盯着我。就好像他不是想看我自责与否，而是在享受我巨大的自责。

"嗯，保重。"瑞秋终于说道，不想理他。

但是他竟对瑞秋微笑。"凯西的离开，既是悲剧，也是礼物。"他转向我说，"一定要转告你爸爸，我也为他的损失而遗憾。"

然后他用一种本应觉得温暖，实则让人不寒而栗的方式碰触我的手臂。什么损失？我妈妈吗？妈妈出事以后，他见过爸爸太多次，怎么不亲自对爸爸说？

"真是个混蛋。"文斯走后，瑞秋说道，"我知道他失去了女儿和所有，但是我敢打赌，他就是个混蛋。"

"他现在是个牧师，"我说道，"或者做类似的工作。"

"他还是个混蛋。"

"这里有你看得顺眼的人吗？"我问道，虽然她对文斯的评价让我无力反驳。

她笑了："你啊。"

爸爸终于走了——走之前说了很多这个那个还有他担心我的话，我说没必要，以及很多很多离开之后的行程细节之类——这时候已经差不多 9:40。我又一次打电话给雅斯佩尔，但是铃声响了很久，最后还是进了语音信箱。

我正式开始反胃。

我快速看完箱子里的其他东西，转向证据袋。所幸大火没有留下什么，这也是为什么他们从未让我们来认领妈妈的私人物品。反正没有爸爸想要的东西。证据袋里的几样东西，一定是在汽车撞到护栏时从车里飞出去的。有一个耳机，我想象着它缠绕在旁边一棵树上的样子。还有妈妈的一双木底鞋。我很讨厌那种鞋子。我一直想说服她扔掉它们，而不是补补又穿。鞋从妈妈脚上掉下，并且飞出车外，想必是受到了很强的冲击。大冬天的，她穿一双木底鞋干什么？我捏起鞋子的边缘。但是我立马开始后悔。别碰那只鞋。你会哭的。我放开手，随之而来一声诡异而空洞的"砰"。

我翻动那些塑料袋，直到在鞋子下面摸到一样东西。它平滑、坚硬、扁扁地躺在袋子里。我把它从箱子底拿出来，是一个瓶子。一个空的伏特加酒瓶。小小的，可以藏在钱包里，甚至外套大口袋里。

"你爸爸说，她酒后驾车很反常。"奥希罗警官在门口说道。

我的脸颊火辣辣的。"去他妈的不可能！"

我低下头。我不应该当着警官爆粗口。但是奥希罗警官没有生气。

"它可能就恰巧出现在事发路上，现场挺混乱的。酒瓶上面没有指纹。"

但是我知道，奥希罗警官这样说不过是在安慰我。不想让我更难受。当我看到酒瓶上的标签时，我握紧了冰凉的玻璃瓶。伏特加？不可能。我妈妈只喝葡萄酒，而且极少喝。凯西的爸爸文斯喝伏特加还差不多。我敢肯定。即使是凯西的妈妈，卡伦，喜欢的也是马提尼酒。我妈妈喝伏特加？不可能。

"这不是她喝的。"我说完，却觉得更加难受。

"是的，有这个可能。"奥希罗警官说道。

我转头看他。目光相遇的瞬间，我的眼泪夺眶而出。我往下看并眨眼，好让泪水滴落。会不会我一直以来对妈妈的认识是错的？也许除了隐瞒我异类的事，她还撒了别的谎。

"这不是她喝的。"我又说了一遍。

这一次我抬起头，眼泪顺着我的脸颊流下。但是我不在乎。而奥希罗警官看着我，给出我正需要的谎言：

"我相信你，威利。我相信你说的。"

6

警察局外，我又一次给雅斯佩尔打电话。我已经记不得打了多少次。铃声一直响。反正离他家不远了，再走 3 分钟就到了，但是这里距离牛顿市中心的高级商店和餐馆特别远。

"雅斯佩尔，"当电话终于进了语音信箱，我说道，"别开玩笑了。你到底在哪里？我要跟你说话。"

我把手机放回口袋，恨这些话的感觉太过真实。我走了一个街区，走到新月山路上。暖和的阳光照在我的脸上，空气中弥漫着草地的味道。我穿着牛仔裤和 T 恤，非常热。感觉就像刚入夏。我特别想振作起来，但是我一想到伏特加酒瓶就反胃，想到打了那么多次电话雅斯佩尔仍没有回电也一样。

当我转过街角到梅因街上，我闭上眼睛，这样就看不到"圣牛"冰淇淋店了。凯西曾经在那里打工。她在那里初识昆汀。有些事情我永远也无法直面，比如"圣牛"冰淇淋店，比如草莓的气味，它让我想起凯西爱涂的唇彩。

我转而望向前面的加拉赫熟食店。市里少有这种环境不佳的场所——过道里尘土飞扬，还飘散着淡淡的猫尿味。我只进去过一次，就是那回陪凯西去买烟。我还记得那种气味好几个小时都散不掉。过了加拉赫，就意味着我快到目的地了。

我脚上的黄色人字拖有点儿夹脚，我把脚趾往后缩了缩，想缓解一下疼痛。早知道要走那么远的路，我肯定不会穿这双鞋。我又拨了雅斯佩尔的电话，但是这次电话直接进了语音信箱。就像关机一样，或者他的手机在我上一通电话之后就没电了。

我迫不及待地想和他谈谈，在去他家之前。不管我之前答应过什么。

我从没在白天的时候去过雅斯佩尔家。他妈妈总是上夜班，雅斯佩尔总是让我那个时候去。之所以这样做，是因为雅斯佩尔的妈妈把在缅因州发生的一切都怪在我头上。雅斯佩尔没有明说，但是我能推测出来。

"它没有脸面，"雅斯佩尔有一次说到自家的房子，流露出悲伤，"大多数房子两侧都有窗户，中间有门。就像一个人看着你。我家呢，前面像……空的一样。"

他说得对，而这令人沮丧。我走上一部分是车道、一部分是"前院"的混凝土区域。雅斯佩尔哥哥的吉普车停在那里，像往常一样。看到它，我不寒而栗。我们把它停在加油站，警察去找它的时候，它还在那儿，发动机被道格弄坏了。现在见它，就像见到鬼一样。就像见到凯西的鬼魂。

我双臂紧抱，颤抖着。幸运的是，我知道雅斯佩尔的哥哥出城去看他的"女朋友"了，也就是雅斯佩尔非常肯定的：去买大麻了。至少我不必见到他的哥哥，这让我松了一口气。我见过雅斯佩尔的哥哥，就像雅斯佩尔说的那样，他的块头比雅斯佩尔还要大。

我颤颤巍巍地爬上狭窄的门廊，紧张地敲门。我手下的门听起来就像是空心的。我等待着。没有动静。我看了一眼时间，十点整。我再次敲门，这次更加用力，然后我身子后仰，想透过窗户看里面有没有人。

当门打开的时候，我的脸正贴在窗玻璃上。"你找谁？"一个女人呵斥道。

我直起身，转过来。雅斯佩尔的妈妈正瞪着我。我猜应该是她。她的黑色短发向后拢成一个低马尾。她的皮肤有点儿发灰，眼袋很大。不过看得出来，她年轻的时候应该很美。如果她休息一下，可能仍旧很美。她穿着绿色的医院工服，脖子上挂着护士吊牌。

"不好意思，"我说，先道一个歉似乎比较好，"雅斯佩尔在家吗？"

"天哪，"她有点烦，好像她太累了，所以根本不在乎，"那小子就算死了，也会有女孩来收尸。"

"他在等我。"我语调上扬，就像在发问。可这并不显得我乖巧、有礼貌，反而让人觉得我死赖着不走。

"好吧，我想他变卦了。"她说着，脸色一沉。然后她看向我的头发。就算我扎起头发，都能看出剪坏的部分，何况我没有扎。从家里出来的时候，我口袋里放了一根发带，但是现在扎已经没有用了。雅斯佩尔的妈妈皱起眉头。"我不知道他怎么出去的，因为我也没见着他。不过，雅斯佩尔最近老是变卦。"

然后我感觉到了——即使她没有看我——她心碎的全部重量。她不是在生雅斯佩尔的气，也不是寄望靠他打冰球致富。她担心的不是钱。她是怕失去自己的儿子。她害怕雅斯佩尔会遭遇不测。

而雅斯佩尔肯定不知道她的感受。这让我伤心。为他们母子俩。

"你确定他不在家吗？"我问道。

"天哪，你还真是执着。"她上下打量我。我感到她在同情我。她知道绝望是什么感觉。"想进来就进来吧。我要脱鞋了，要是你觉得我把他藏起来，你可以自己进来找。"

昏暗的入口处，有两把塌掉的扶手椅，一个破旧的木凳靠着墙。我走了进去。雅斯佩尔的妈妈坐下来，弯腰脱鞋。此刻我才意识到：她刚刚下班回到家。她不是上过夜班之后刚起床。雅斯佩尔骗了我，为了不让我来。而他现在不见了。

"我可以进他的房间看看吗？"

"看完你能走吗？"她问道。我点点头。"那你去吧，不过动作快点。"

她朝雅斯佩尔的房间一挥手。不过我早就知道它在哪儿了。

雅斯佩尔的房间关着灯，但是窗帘没拉。一张单人床，深色的棉被，一张桌子，书架靠着墙。像往常一样，特别整洁，床收拾得就像军队里一样。充满希望，但带着悲伤——像和雅斯佩尔有关的所有东西一样。我还在想为什么会如此整洁，这时候他床头柜上的一摞东西吸引了我的注意力。当我走近，我发现那是一沓信封，每个信封都已经被撕开。在拿起来看之前，我环视了一下四周。雅斯佩尔的妈妈允许我进他的房间找他，并不代表我能随意翻看他的东西，这一点我很清楚。

信封上没有寄件地址，只打印着雅斯佩尔的姓名和地址。当我抽出最上面那个信封里的信，我立马认出那是凯西的字。

不是说她比雅斯佩尔好。她和雅斯佩尔不一样。我想这种情况不一样就是更好吧。雅斯佩尔人很好，聪明，体贴，但是跟他在一起我要窒息了。我总没法做自己，只能伪装……

我看向纸的最上面。没有称呼，只有一个时间。而且就是营地的事发生前几天。横格纸一头不齐，仿佛是从什么上撕下来的。哪个变态混蛋撕下凯西的日记，寄给雅斯佩尔？有好多页都是这样。我们从缅因州回来以后，雅斯佩尔一直收到凯西的日记，他大概越来越相信凯西与昆汀交往是他的错。难怪他的状态越来越糟糕。

然后我又在地板上看到一个信封。丢在那里的，或者从那沓信封里掉出来的。我拿起来，看见上面盖着昨天的邮戳。我从信封里取出纸。

我不是说和昆汀在一起是雅斯佩尔的错。问题比那复杂得多。但我确实觉得，雅斯佩尔如此完美，让我更想堕落。我想向他证明，不是每一个人都值得挽救。

我用力吞咽口水。可怜的雅斯佩尔。他最害怕的事情——他把凯西推向昆汀、醉酒和所有这一切——都写在这儿，全是凯西的心里话。

我握着信封，回到门厅。

"我可没说你能把东西带走。"雅斯佩尔的妈妈看了我一眼。

"你知道雅斯佩尔可能会去哪里吗？"我说道，"我想他可能非常难过。"

"我哪知道他会去哪里！"她喊得好大声，吓了我一跳。但是接着，她耷拉下头，用力咬住嘴唇——自责和伤心。只有这些。愤怒减少了。我不知道如果我是雅斯佩尔，能不能那么清楚地读出她的感受，我会怎么想。"我不知道你来是为什么，或者想从我儿子身上得到什么。但是雅斯佩尔不适合做任何人的男朋友。"

"我是他的朋友，"我说，"一个担心他的朋友，仅此而已。"虽然这话第一次感觉很不真实。

"也许他去散步了。"她走向门口。现在她的声音小了，发颤。"近来他常去散步。他喜欢去伯纳姆大桥看独木舟。他小的时候，我经常带他去。"

桥。桥。桥。我的大脑里浮现出最可怕的画面。一座可以从上面跳下去的桥？我不想去想，但是这个画面挥之不去。我的心脏狂跳，抓紧凯西的信，直奔大门。

"我去找找他，"我对她说，"但我建议你还是报警吧。"

"报警？"她还是担心的，但将信将疑，"雅斯佩尔绝不能牵扯警方。他哥哥的麻烦已经够多了。"

"我知道，可是——我只能说我有一种很不好的预感。他可能有危险。我们昨晚通过电话——"

"危险？你在——噢天哪，等一等……"她看着我，眼睛突然亮了。然后她又往上看我的头发。她恍然大悟。当她再次直视我，她快要气炸了。"你！"她咆哮着站起来，"你就是那个差点害死我儿子的人。"

她向前一步。而我又向门口后退几步。我把寄给雅斯佩尔的信扔到旁边的椅子上，感觉就像在求和。

"我很抱歉——但是现在——"我的脚碰到了椅子。

"你现在担心他了？没错，你确实应该担心。你知道你把他害成什么样了？你把你所谓的朋友害成什么样了？一个十几岁的小孩，获得去波士顿学院打球的机会，他要付出多少努力？成天在溜冰场上训练，屁股都冻坏了。现在倒好——"她用双手做了一个爆炸的动作，"你把一切都毁了。"

我终于到了门边，在她的步步逼近下摸索着门把手。我面向她，做好了挨一巴掌的准备。

"我只是——我很担心他。"当我打开门，我又说了一遍。我心如刀绞。"对不起。"

"你是该认错！"当我冲到外面时，她大喊道。

7

我跌跌撞撞地走下雅斯佩尔家的楼梯。

伯纳姆大桥。你是该认错。伯纳姆大桥。你是该认错。大桥离这儿不远，我想可能 800 米不到的样子。转几个弯就到了。但是我现在就要赶到那儿。我能感觉到。这与读任何人的感觉无关，和简单的超强情绪感知无关。现在没有人可以读。这种感觉是另外的。

但是我从来没有比现在更确信一件事情，那就是：雅斯佩尔需要我，他现在需要我。

我环顾四周，寻找着出租车、汽车或者其他的代步工具。我已经浪费了太多时间，这让我心急如焚。我早就应该想到，早就应该说。但是现在找不到人帮忙，我别无选择，只能跑去。我低头看看脚上那愚蠢而无用的人字拖，脱下来用手拎着，开始赤脚冲刺。

我从瞻博路跑到沙利文路，觉得两腿酸软无力。经过更大、更漂亮的房子时，尖锐发烫的路面让我的双脚失去知觉。现在唯一的声音就是我呼哧呼哧地喘粗气，还有赤脚打在混凝土上的声音。别干傻事，雅斯佩尔。别干傻事。我脑海里浮现出他从桥上往下跳的画面。上天啊，一定是我想错了。

最后，我跑到路的尽头，再穿过一排树木，就是大桥。

我现在跑得很快。几乎感觉不到地面。

雅斯佩尔。

一座桥。

桥下面什么也没有。

但是我会及时赶到。我必须及时赶到。我说的肯定没错。他会明白自己只是一时冲动。因为在这一刻他可能无所谓，但是明天、后天——他会在乎。而我现在就在乎。我原来这么在乎。

大桥就在眼前，整座桥清晰可见。我从桥的这头扫视到桥的那头，上下寻找。但是我没有看到雅斯佩尔的身影。没有人让我说服。没有人让我救。也许我刚才想错了。想错了，而不是来迟了。

我一定没有来迟。

但是我突然发现栏杆上挂着什么东西。一个小的、深色的东西。我赶紧跑过去看是什么。

我终于跑到跟前，现在浑身发抖。我蹲下来细看：是一件运动衫。蓝绿相间。我多希望别是这两种颜色。因为蓝色和绿色是牛顿地区高中运动队队服的颜色。我一手抓着栏杆，一手去够运动衫。还没够到，我就看到了运动衫背面的字：NRHS 冰球队。

不不不。

怎么会这样。我应该——不。不会的。雅斯佩尔他不会有事。他必须没事。我把身子探出栏杆，在水面上寻找雅斯佩尔的身影。

我需要冷静。集中注意力。就算他一跃而下，也仍有时间救他上来。他不会落水很久。我像体操运动员一样，用屁股顶在不平的栏杆上。寻找生命的迹象。祈祷我有所发现。

这个时候，我的身后传来巨响。刺耳的刹车声，然后车门打开。接着是脚步声。我不想回头。我还没有看到雅斯佩尔。

"别动！"一个男人在我身后喊道。不是气愤，但非常非常坚定。"从栏杆上下来。"

警察？一定是雅斯佩尔的妈妈报了警。感谢上帝。

但是我没有转头。我不会把目光从水面移开。如果雅斯佩尔浮出水面，我就会看到——我不管谁怎么说。"他在下面！"我大喊道。

"从栏杆上下来！"这一次声音更大。但这一次是一个女人的声音。"小姐，快下来！"

"但是我的朋友雅斯佩尔——"

"你先下来，否则我们不会听你说！"

我回头一看，两名警官正从一辆停着的警车的两侧慢慢靠近我。

"得派人去找他。你们有搜救船只、搜救人员吗？"

"小姐，你先过来，有话好说。"我又快速看了一眼，我看到一个女警官，卷发，扎着马尾辫，正挥手示意我过去。"亲爱的，从栏杆上下来，朝我走。"

她想用"亲爱的"拉近关系，但是她很紧张。我能感觉到。我看到她盯着我的赤脚，可能还流着血。我明白：我看起来像要自杀。但是她在耐心等待，还对我抱有希望。而她那个年轻有活力、肌肉发达的搭档好像一直想扑过来。他们的注意力也在我一个人身上。他们不知道发生了什么事情。他们被误导了。

"你们别浪费时间了！不是我要跳，是我的朋友！他已经跳下去了！"我向他们喊道，又转向水面，"你们再不快点，他就要淹死了！"

女警官说："我们想帮你。"她现在平静了，好像在超常发挥。"但是你得先下来。"

帮你。他们还是没有听懂。我只能想别的办法。

"如果你们想让我下来，那就派人到下面去！"我尖叫着，手指向水面。

我转身并故意探出栏杆。女警官止步了，但是她的搭档还在向我靠近。他的右手在屁股上，摸着什么。他们应该不会对我开枪，但是还有其他的方法。她又举起了手，让搭档别轻举妄动。搭档照做了，但是很生气。

"我们会去找你的朋友，"她提高音量说。"只要——"

当我探出栏杆更远，她不说话了。

"快！快去找他！"

上帝，为什么昨晚我没有去雅斯佩尔家？因为我相信他，这就是原因。也许他昨晚说没事的时候，说的是实话。

"威利，亲爱的？"女警官知道我的名字？可能是雅斯佩尔的妈妈说的。那她为什么这么不愿意叫？"你在听我说话吗？"

不，我没在听。我正在听的是这种可怕的感觉。我正在听她的感觉，百分之百专注于我，而听不进我说的话，这是所有可能的组合中最糟糕的一种。

"派你们来不是救我，是救我的朋友雅斯佩尔的。"我继续施压，直接坐到了栏杆上。当我望向桥下，水面上看不到搜救船只，也看不到搜救人员，岸上也没有手电光，我觉得很奇怪。没有看到雅斯佩尔。落水这么久是非常可怕的。"派人去找他。快去！"

她举起一只手。"好好好。"现在她生气了。也很担心，但更多的是生气。她讨厌现在局面失控。当她拨电话的时候，她的鼻孔放大。很快，她请求了水域搜救："可能有一名男孩落水。从伯纳姆桥上跳下。"她顿了顿，又说了一些细节。感觉她真的在跟人说话，不像是在演戏骗我。"他们马上就到，"她挂了电话，转向我，"威利，刚才我们说好的，你该下来了。"

我还是有一种特别不好的预感，不过和之前不同。就好像我忽略了一个重要细节。最重要的一个细节。

"这到底是怎么回事？"我问道。

"你跨过桥栏杆，这非常危险。而且你把我们吓死了。"

持刀女孩已经变成坐在桥栏杆上的女孩。威胁说要跳下去。无疑危及自己的生命。该死！怎么会这样？我怎么变得连自己都讨厌？

"我们都想帮助你，"她继续说，"我们不希望你有事。"

"问题不是我。"我低声说道。尽管我想下来。挂在栏杆上很可怕。她已经满足了我的要求——派人去寻找雅斯佩尔。"好吧，好吧。"

我抓紧金属栏杆，一跃而下。我双脚刚着地，就有人从侧面狠狠打了我，让我失去平衡，但也不至于落水。我倒下去，手臂撞在混凝土地面上。

　　"放开我！"

　　"冷静。"一个男人在我的身后说。不是刚才那个男人。"否则我们要约束你了。"

　　终于，有人要把我带走了。但是我没有想到会这样，这显然是不公正的。不，我不会允许这样的事情发生。我不会乖乖地听他们的话。他们想错了。

　　所以，我点了点头，就好像他们的话我听进去了。就好像我正在听。"好吧，"我轻声说道，"但是你把我的手臂弄疼了。请放手。"

　　他们的手松开了一点，然后又松开一点。我的机会来了。也许只有这一次机会。我突然向前冲。跑。跑。跑。一步，两步。

　　"站住！"喊声很大，就在我的耳边。还是那个男人，抓着我的那个男人。现在他已经恼羞成怒。

　　跑。跑。跑。但是他离我太近，就好像我一步都还没有跑出去。而且还有别的声音。很多人在喊。很多脚步声。我又跌倒了，这一次更加疼。

　　"小心！不要伤害她！"女人喊道。

　　我双手杵着路面，火辣辣的疼。而且有那么多只手按着我。我想把他们打走。但是他们人太多。人太多……

　　"然后发生了什么事？"谢巴德医生问道。

我已经讲到梦的那一部分：重要的部分。这就是为什么我没有说下去。那样的话我就是好病人：不容易治好，但是一看就知道已支离破碎。

"我把她，"我沉默良久，最后说道，"推进火海。"

自从和雅斯佩尔从营地归来，我夜里就老是做梦。但这是我第一次告诉谢巴德医生。我难以启齿，因为这个梦太好解释：我对凯西的遭遇感到内疚，所以梦到我害死了她。

"我明白了。"谢巴德医生说。我本以为这种烦人的心理医生的口吻已经是过去时。

"你没开玩笑吧？"我问道，"你不打算给我解梦？说我做这样的梦，是因为内疚或者别的什么？"

"我不清楚，"她耸耸肩，"梦里你把凯西推进火海，"她在大大的红色椅子上调整了一下坐姿，"我想问，现实中也是这样吗？"

她是认真的。

"当然不是！"我生气地说。

"别怪我这样问你，毕竟那是你的梦。"谢巴德医生说着，像一个五岁小孩一样笑起来，感觉有失专业。

另外，我经历了这么多，她就不能试着说句让我好受的话吗？我站了起来，开始在房间里踱步。

"我想阻止她，你知道的。我能做的都做了。"我用力指着自己的胸口。

谢巴德医生眨了眨她棕色的眼睛，又挪了挪她纤小的身体。

"威利，我不知道你为什么将凯西推入火海，但你确实这样做了。这一点没有疑问。"

"我没有！"我大喊着，逼近她。我想打她。我怕我真的会动手打她。

但是这个时候，我的身后传来一声噪音。一声咳嗽？有人在清嗓子。谢巴德医生的咨询室里还有其他人？这怎么可能呢？我注意到房间变成橙色，而谢巴德医生的椅子由红色变成蓝色。我要去告诉谢巴德医生，但是她已经消失了。

"你真的要这样做吗？"我身后有人在问。

我想转身，但是我的脚已经不能动，粘在了地板上。于是我转过头去。

我看见妈妈坐在谢巴德医生的大椅子上，椅子又变红了。她穿着出事当晚的那件衣服。她的左脚没有穿鞋。她的右脚上穿着一只蓝色的木底鞋。她的皮肤很脏，黑乎乎的，好像被灰盖住。

"妈妈？"我低声说。

"你真的要这样做吗？"她问。

"我要做什么？"我问。

"好了，威利。先是我，然后是凯西，现在连谢巴德医生你也要杀吗？"

我惊醒过来，就像猛地冒出水面。我睁开肿胀的双眼。一间明亮的白色房间。荧光灯嗡嗡作响。像是办公楼。

我尝试深吸一口气，但是很困难。

然后我想起来了。一下子全想起来了。大桥。雅斯佩尔。警察。我试图逃跑。

一个错误。

哦，雅斯佩尔。我的胸口发紧。

我试着起身，但是我起不来。我的头好沉，就好像注了石膏。我又试了一次，这一次，我的头抬了起来。但我还是动不了。不是头被卡住，而是手臂被卡住了。我被捆绑在一张医院的床上。

8

冷静。别慌。集中注意力。不过，说起来容易，做起来难。我的头也好晕。肯定是他们用的让我昏迷不醒的药造成的。这是噩梦里经常出现的场景：吃错的药，一直神志不清，永远好不了。然后，在精神病院凄惨孤独地死去——和我的外婆一模一样。我再次拉扯手臂周围的绑带，但是没有用。

雅斯佩尔呢？他们找到他了吗？他真的从桥上跳下去了吗？哦，上帝，我错得太离谱了。我本来是要救他，现在却被困在这里。我开始哭泣。泣不成声。不能自已。没多久，我哭得肚子也疼起来，一把鼻涕，一把眼泪。

然后，门开了，一位棕色直发、穿着白大衣的女人走了进来。她年轻漂亮，但是非常朴实——不化妆，不戴首饰，直刘海。就好像她对自己的美貌讳莫如深。我想不要哭了，但反而哭得更加厉害。

"哎呀，你还好吗？"她跑向邻桌拿了几张纸巾。然后她尴尬地发现，我不能自己擦脸，因为我被绑住了。她看起来那么惊讶，就好像是个新人。她犹豫了一下，然后开始给我的手腕松绑。"我给你解开，真的很抱歉……"她的声音飘忽不定，就好像她根本不想大声说出这句话。

松绑之后，我用纸巾擦干净自己的脸。

"你们有没有找到我的朋友？"我问她，"他的名字叫雅斯佩尔。我上桥是为了找他，不是要往下跳。但是警察来了，我想警察可能以为我是他——我也搞不清楚。但是警察确实搞错了。"我紧紧闭上嘴巴，希望再说话的时候别说那么快，"他们说会去找雅斯佩尔。我得知道他有没有事。"

因为他必须没事。

"太可怕了。"她先是困惑，然后是同情，可能还被我的举动震惊了，"抱歉，我是阿尔瓦雷斯医生，我不知道你的朋友现在怎么样了，但我会去帮你问问。我先快速帮你测一下生命体征。"

我点了点头。我应该配合，至少现在应该配合。我很高兴镇静剂还在体内，因为即便我很害怕，我的心跳也是正常的。而且保持冷静更容易证明我没有问题。阿尔瓦雷斯医生确实想帮忙，我能感觉到。她很好读，现在没有焦虑干扰我，虽然只是药物的功劳。而且她没有任何欺骗和犹豫。最好能让她站在我这边。因为他们搞错了，搞混了，混乱不堪而且可怕——更不用说有多讽刺。但是，就像谢巴德医生几年来一直提醒我的，巧合不等于因果。而且我表现得越理智，事情就会越快理出头绪。

阿尔瓦雷斯医生抬起我的手腕，准备给我测脉搏。她把一个小仪器夹在我的手指上，然后插了一根温度计在我嘴里。她很快就测好了，并在剪贴板上做了记录。然后她把手放在我的手臂上。我感觉到善意和关心，并再一次感觉到来自于自己的愤怒。我不知道自己是否可以完全信任阿尔瓦雷斯医生，但上帝知道我想要相信她。

"你的生命体征良好，"她微笑着说，"现在我去问问他们，有没有你朋友的消息。我的主管哈多克斯医生等下会来给你解释一些事情。"

"我只——我想回家。我没想跳下去，真的，我发誓。"我听起来很绝望。就好像我在撒谎。也许我应该闭嘴。

她看着我，我感觉到悲伤从她的胸腔升腾起来。"我能帮忙的会尽力帮。"她点了点头，但是她心存怀疑。我不知道她怀疑的是我，还是她自己的能力。"你朋友的全名叫什么？"

"雅斯佩尔·索尔特。"

"好的，"她走向门口，"我看看能不能问到。"

我等阿尔瓦雷斯医生出去了才下床。我发现自己的拖鞋靠墙放着，我只看到这一样私人物品。我想找的其实是我的手机。我要打电话给爸爸。至少他能让谢巴德医生打电话来为我担保。我不知道现在几点，但我希望他还没有登上去华盛顿特区的飞机。

我找不到自己的手机。我下床，希望能在抽屉里找到它。当我的脚踩在地板上，我低头一看，才注意到自己被套上了一件灰色的衣服。我很尴尬，不禁想到自己昏迷的时候被人换衣服的场景。更糟糕的感觉是，他们没打算让我很快离开。

现在我的心脏已经恢复过来，跳得特别快。

我在房间里走了一圈，查看每一个光滑崭新的抽屉，衣柜也看了，全都是空的。干净得不得了。浴室里，白色瓷砖闪闪发光，除了一套旅行装洗浴用品之外，什么也没有。连一套修指甲的剪刀或镊子都看不到。没有任何尖利的物品。更没有电话。

我走了几步，把耳朵贴在门上去听。我想象过精神病院的声音，那一直是我最害怕的。但是现在我什么声音都听不到。走廊寂静无声，要不然就是门太厚了。打开门似乎并不明智。万一又被以为逃跑，那就糟了。

于是，我走向窗户，掀开沉重的窗帘。天还亮着，一天还没过完。也许只过去了几个小时。也许。我迫使自己深吸一口气。

对面是一座闪闪发光的玻璃钢建筑，崭新且现代。它抛光的表面映出我们所在的大楼。两栋楼大致相同：高高的，光光的，窗玻璃一个接一个。不错，像是医院，这让我高兴。但也可能太过不错了。我看到窗外有一个停车场。在最远端，是一座老旧的白色石头建筑，一段台阶通向一个宏伟但摇摇欲坠的入口，上面是一个小圆顶。看着就像会闹鬼的医院遗迹。

我的胸口很闷。这个时候感到惊恐很合理。显然，独自困在房间这种紧急状况不同于上次要去救凯西，不足以抵消我的焦虑。我试着用谢巴德医生教我的方法，深吸一口气，试图说服自己。有一点帮助。但是不像之前帮助那么大。要是我真的惊慌，岂不证明他们是对的。也许我应该做点什么。提出要求跟我爸爸通话，立即通话。无声无息，亦无所得。我还在望着窗外，这时候，我身后的门开了。

"景色没什么特别之处，但还凑合。至少不是一面砖墙。"

我转过身，看见一个男人站在门口。他比阿尔瓦雷斯医生的年纪大一点，比我爸爸年轻一点。蓝色眼睛，沙色头发，长相好看，但不是帅得惹人厌那种。他手里拿着一个文件夹。

"我是哈多克斯医生。"他微笑着，向前走了几步，伸出另一只手。离近了，我能感觉到他很紧张，不自在，但是他想用超凡的冷静和自信来掩盖。不成功。至少没骗过我。

因为就算我开始惊恐，这种和之前一样更深、更冷的感觉和他给我的感觉完全不同。他的不安频繁出现，不知为何更热，而且在我胸腔里涌动。这种对比愈发强烈。这位哈多克斯医生可能是负责人，但是他并不确定自己想怎么做。

我在跟他握手之前犹豫了片刻。当我终于伸出手，他的面部松弛了些，像是松了一口气。

"我在这儿待多久了？"我问道。

"哦，应该有几个小时吧。"

"我的手机在哪里？"我又问。从哈多克斯医生面部抽搐的样子看，我大概太强势了。

"唔。"他环顾四周，似乎真的认为它就在房间里，"我不太确定。但是我知道我们对手机有一些限制——不同的父母有不同的规定。只是为了避免出现问题。你进来的时候就带着手机吗？"

他走到桌子旁，拉开了一个抽屉，亲自寻找，就像我刚才一样。我感觉他刚才没有骗我。

"我不知道带没带。"我回答道。我记得桥上时它还在我的后口袋里。我知道它可能掉入水中。或者在我倒地时掉出了口袋。"你们把我拖到这里的时候，我是昏迷的，我不知道自己身上有什么。"

他闭了一下眼睛。"对，"他静静地说，"关于那个——我非常抱歉。我不知道怎么会出差错，但绝对不应该是这样。"

出了差错。终于有人明白了。

"那我可以走了吗？"我问道，并再次寻找属于我的东西，如果这意味着我可以走了，我将很乐意把它们留下。

哈多克斯医生的眉毛挑了一下，歪着头。"哦不行，"他不自在地说，"我说的出差错，是指本应该走完整的程序，但是并没有。比如说一开始他们应该先去你家。"

"不是我家，"我说道，"是雅斯佩尔家。"

"雅斯佩尔是你的朋友，对吧？"他问道，"你在桥上要找的那个人。"

"他们要找的那个人，"我说，希望这位医生能理解得快一点，"雅斯佩尔的妈妈报了警，是我让她这样做的。我怕雅斯佩尔会做蠢事。而他们以为要找的人是我，所以事情乱套了。"我等着他听完有点反应，我感觉我正在说服他。但我还是只能读到他的困惑。"就是说，我在这里是因为他们以为我是雅斯佩尔。"

"不，"医生轻声说，"威利，你在这里，是因为有人叫了救护车和警察到你家。而且，"——他看了看手中的文件夹——"可能是你弟弟——"

"我弟弟？"

"是的，你弟弟吉迪恩？哦不，等等，是说他不知道你在哪里。我想是你朋友的母亲说你在桥上。"他满意而快速地点了点头。

新情况——除了混乱之下所有显而易见的之外——不对劲。"吉迪恩不知道我去了雅斯佩尔家。"我说道。

"对不起，这我不知道。这里没有说细节。"我想可能是吉迪恩猜的，他让他们去我唯一的朋友的家里找我。"不管怎么说，不应该这样。没有——"他摇摇头，呼了一口气。"这不应该发生。对不起。但你在这里没有错。你应该在这里。"

"你在说什么？"我问，"为什么？"

最糟糕的是，我能感觉到他说的是实话——至少他认为如此。我的手已经开始发抖。

"我知道这很难理解。我一定会给你解释清楚。但请你先——"

"不！"

我大声喊道，还传来了回声。我很高兴。即使大喊让空气感觉很稀薄。

我已经上过一次当。昆汀在营地的时候说过："等一等，我们会解释一切。"我不会再相信了。我不会去信任一群把我关起来的人。你把我从街上抓来，我会认为你说出的每一个字都是谎言。哪怕你没有兑现它。

"威利，我明白，在这种情况下你感到不安和困惑很正常。"哈多克斯医生继续说着，目光扫过大门。他在想要不要叫帮手。也许会来一个人扎我一针。而我确实得小心。至少要讲究策略。他们手上有镇静剂。但是我也感觉到哈多克斯医生的内疚。他不想让我一直待在黑暗中。如果我不断要求，我觉得他会更加良心不安。"我保证我会——"

"现在就说清楚。"我冷静地小声说。我一定可以。不等他们说我"偏激"或"反应过度"，我就要知道答案。我可以利用哈多克斯医生心虚，让他告诉我真相。我可能对异类这整件事有抵触，但是我心里特别清楚，我要用好读心术，这是我的优势。"听着，你们困住我，给我用药。我要一个解释，我认为这是再理智不过的要求。"我手臂交叉，抱在胸前。"不说清楚，我想那你只能再给我扎一针了。"

哈多克斯医生皱起眉，然后用手摩挲前额。给我用药是最困扰他的。这张牌我可能要一直打。

"好吧。"他示意我坐在客人坐的椅子上，他自己靠在床边。但是我没有坐。"我们认为你们，你们所有在这的人，可能都得了一种叫'熊猫'的病。"

"熊猫？那是什么？"

"是一种由未经治疗的链球菌引起的疾病。它会引起一系列的心理问题，主要是强迫症和焦虑。不过我们怀疑不同个体之间可能会有差异，而且'熊猫'的症状可能比我们意识到的更广，包括其他的情绪问题。你近期是不是更焦虑了？"

这个问题我不想回答。

"我没有感染链球菌。我连嗓子都不疼。"我说道。

"感染链球菌一般没有任何症状。而且这种链球菌可能附着在食物上。它和常见的链球菌感染不同，不会让你嗓子疼。"

"你在说什么？"我问，"附着在食物上是什么意思？"

"我知道这不好理解，"他咧嘴笑了，更像是在做鬼脸，"跟你的父母解释可能容易些，他们本该跟你的父母解释。"

"但是没有，因为你们不敢！没有我爸爸的许可，你们是不能关我在这儿的。"这一点我百分百的肯定。前提是他们别用"对自己构成威胁"那一套说辞，他们似乎不准备用。"这是非法拘禁。"

瑞秋上次来我家的时候还说来着，如果政府关押你，就等同于非法拘禁。

"这种情况是特例，"哈多克斯医生好像为此感到抱歉，"听我说，我是来评估'熊猫'可能性的医生，我掌握的信息不全。我连他们怎么隔离你的都不知道。但我能确定的是，他们是依法行事。之前国家卫生研究院应对麻疹和埃博拉病毒的时候，就这样做过。"

"埃博拉病毒？"我问道。

"别担心，'熊猫'不像埃博拉。我只是说，国家卫生研究院以前这样做过。"

国家卫生研究院。他们把我送进医院的当天，爸爸接到去华盛顿特区见他们的通知？这绝对不是巧合。

"我要和我爸爸通话。"

"嗯。"哈多克斯医生说，"我们已经打过好几次电话给他，但是没有打通。你知道他人在哪里吗？"

华盛顿特区。飞机上。这种可能性最大。

"现在几点了？"

"应该快一点了。"

"他在飞机上，"我说。"但是他应该很快就到华盛顿特区了。不久就会开机。"

"我们肯定还会打给他的，"哈多克斯医生说。然后他的神情严肃起来。"但是在防控这种潜在传染病的事情上，政府的权力很大。具体到国家卫生研究院，我怀疑国家疾病控制中心最后也会行动起来，维护公共安全。"这些话不是他自己想出来的。是有人教这位医生这样说的。"但是话说回来，这无法给你一个很好的交代。老实说，我怀疑警察和紧急情况调查组的人慌了。他们知道的不多。情况特殊，我们都被告知，这事知道的人越少越好。他们也是为了工作。我不是给他们找借口——"

"你就是，"我说道，但是面不改色，"你就是在给他们找借口。"

"对不起，"他说着，低头看向地面，"我的理解是，我们留你在这儿，好做一些测试。我们要给你做个简单的抽血，做个访谈，以防事态恶化。我们要给你吃抗生素治疗链球菌，仅此而已。如果是'熊猫'，那么一般服药之后心理症状消除得很快。"哈多克斯医生终于抬起头，直视我的眼睛。坚决，我读到他很坚决。他决心做好自己的工作，做到值得信赖。而我相信他没有骗我。我也知道这不代表他说的是对的。"小范围这么多人感染是很奇怪的，而且'熊猫'是相对罕见的非传染性疾病。至少到现在为止还是。所以必须要搞清楚你们是怎么感染上的。这就是为什么国家卫生研究院要管，并且让我们也参与进来。"

"所以你不属于国家卫生研究院？"

"哦不，我只是个干活的。我老板是科研教授，因为他是这方面的专家，所以国家卫生研究院请他来。我们就来了。"他一副不明就里的样子，而且一脸不悦。

"你不知道他们为什么认为我被感染？"

"嗯，"他说，"他们没有告诉我们。只说有理由怀疑你们都被感染了。"

你们都。我不敢问我们有多少人。而且我不知道，这与之前以为我被抓了相比，感觉是更好还是更糟。

"国家卫生研究院的人应该很快就会到，来了解各种情况。但是我也不清楚。我知道听起来很搞笑，但是我真的不清楚。"

"如果我要走呢？"我问他，"如果我不想接受治疗和测试？我现在能走出那扇门吗？"

哈多克斯医生深吸一口气。我感觉到他不想回答，但又决定直言不讳。

"不，你不能走，"他说，"现在还不行。但你要是跟我来，我可以帮你打声招呼，安排你抽血。这样至少——能顺利些。"

"我先要知道雅斯佩尔还好吗，"我说，"桥上那个，我的朋友，他怎么样了？阿尔瓦雷斯医生说她会去问的。"

他点头。"嗯，我刚进来的时候，她正要打电话。我们等下可以顺便去找她。"

〔 9 〕

走廊很空。看不到一个人。但是从其他的布置来看，这里和一般的医院没有差别：有一个护士站，伸缩架上放满了文件夹，还有各式各样的医疗设备，放眼望去，病房一字排开，远处甚至还放了一台担架。但是这种沉寂让我非常不安。就好像我们无意中走到了已经人去楼空的地方。

"人都去哪里了？"我问道。

"他们都在楼下的公共休息室里。"他说着，继续向前走。

"这是什么地方？怎么没有人？"

"哦，"哈多克斯医生说道，再次为我的一无所知而惊讶，"波士顿总医院，但这是新建的翼楼。它的容量很小。来吧，我想你我都会觉得在这里比在公共休息室好。"

当我们走过护士站时，我发现桌子上有一台电话。"我可以用这台电话联系我爸爸吗？"我问他。我确实想打电话给爸爸，但与此同时这也是一个测试。

"当然可以，你打吧。"哈多克斯医生毫不犹豫地说，他似乎真的放心了。他好像非常高兴我能这样说话。他向前一步，将电话递给我。"拨打外线，前面加个9。"

我以为哈多克斯医生会突然再找借口来阻止我，但是他没有。电话没通，直接进了语音信箱。我留言说："爸爸，是我，威利。我在波士顿总医院的——"

"多亚翼楼。"

"多亚翼楼，"我说，"国家卫生研究院的人把我带到这里。他们说我还有其他一些人感染了'熊猫'。你能尽快过来吗？或者尽快给我回电话？"

我挂了电话，看看哈多克斯医生。"他能打得过来的吧？

"当然，"他说，"我们希望他打过来。我刚才也说了，我们留了好几条语音信息。科尼利亚博士专门说——"

"等等，你说谁？"我的心跳已经加速。

"科尼利亚博士。他是一位免疫学家，在纽约市大都会医院工作。他是我在康奈尔大学的主管。"

果然，康奈尔大学的科尼利亚博士。哈多克斯医生一提到"失调"和国家卫生研究院，我就应该联想到他。这显然是有联系的。我想再打个电话给爸爸，告诉他科尼利亚博士也参与其中。但是我现在不敢让哈多克斯医生知道爸爸和科尼利亚之间的关系。至少似乎现在哈多克斯医生还不知道我是谁。

"你还想打电话给谁吗？"哈多克斯医生指着电话问我。他想让我知道，要是我想打，他不会阻止我。

我点点头，拨了雅斯佩尔的号码。当电话又一次进了语音信箱，我感到反胃。真后悔打了这个电话。

我还想打给吉迪恩，但是他今天早上那么生气。再说，是他告诉他们我在哪儿，却没有提醒我。没准是他故意的，要是他就想看到现在这一幕呢？如果他一口承认下来呢？不，还是算了。还打给谁？除了吉迪恩，就只剩瑞秋了。但是在让她搅和进来、兴许把事情搞得更糟之前，我想先和爸爸取得联系。我完全不信任瑞秋的判断。

"还有谁吗？"哈多克斯医生问。

我摇摇头，说："没有了。先这样吧。"

我们继续走，穿过两扇推拉门之后，进入了一个小厅。还是一样的空旷，唯一的不同是这里有家具。两张光面的浅灰色真皮沙发垂直摆放，地上铺着一块带有奶油色格纹的钢色地毯，墙边还有一张咖啡桌和一排雅致的扶手椅。但是，桌子上没有堆放任何杂志，餐桌上也没有用过的咖啡杯。好像这里并不是真的有人。好像就不应该有人。对面的一块指示牌显示：右边通向弗朗西斯 J. 多亚纪念馆，左边通向职员会议室和奥古斯都烧伤中心。

我正想问问阿尔瓦雷斯医生在哪里，想要求找到她，问她雅斯佩尔的情况。刚一过转角，她就出现了，我们还差点撞上。

"你来了。"哈多克斯医生说。

"对不起，威利，我去了这么久。"她笑了。但她感觉很不自在。

"他们找到雅斯佩尔了吗？"我问道。

"没——还没有，"她说，"这是好事。警方说他们相信，如果雅斯佩尔真的落水，他们应该已经有所发现了，"她犹豫了一下什么该说，什么不该说，"我想他们知道落水者一般会被冲到哪里……"她看向哈多克斯医生，"我请他们与雅斯佩尔的父母确认雅斯佩尔是否安全回到家。如果我是你，只有确认这件事才能让我彻底放心。警方答应我，等他们确认之后，亲自打电话到我的手机。我保证，一有消息，我就打电话给哈多克斯医生。"

她说话的语气是那么决绝，就好像这件事并不简单，但是不论如何她都要完成任务。她的话并没有让我放松下来，而是加重了我的不安。虽然总的来说雅斯佩尔的事情我已经不那么慌了，但是直觉告诉我，阿尔瓦雷斯医生这么沮丧，肯定哪里不对。

"那还有什么问题？"我问她，"你好像比之前还要担心。"

阿尔瓦雷斯医生笑得很虚，然后她善意地把手放在我的手臂上，按了按。"不是雅斯佩尔的事。是我自己身体不大舒服。也许是吃坏了肚子。"这肯定是谎话。阿尔瓦雷斯医生是出于好意，但没有起到作用。

"你应该回家去，阿尔瓦雷斯医生。照顾好自己。"哈多克斯医生说，他的意思不是说喝些姜汁，早点睡觉。说不舒服，只是为了掩盖别的事情。他们俩都心知肚明。

"对不起。"阿尔瓦雷斯医生走过哈多克斯医生身边时说道。

他点了点头说："这不是你的错。"

哈多克斯医生和我看着阿尔瓦雷斯医生走向我们来的方向。我们什么话也没说，直到她消失在转角。

"走吧，公共休息室就在前面。"哈多克斯医生说道。

大厅的尽头，是一组锁着的无窗门。哈多克斯医生按下指纹，门嗡嗡地打开了。他冲我挥手。

公共休息室比漂亮的大厅更吸引人。落地窗让这里光线明亮。宽敞的房间里摆放着现代家具：一组低矮的亮色枕头，还有一块土橙色的沙发地毯。家具有秩序地排列在三个独立的休息区内，休息室后面有一个小厨房，旁边放着十几张咖啡桌，还配有冰箱和水槽。这里就像是快捷酒店的大堂。而且，像许诺的那样，这里有十几个人，分散在不同的区域。全都是女孩，全都穿着灰色运动服。和我身上的一样。不过有些人已经根据自己的喜好对运动服做了调整，有的把袖子卷了起来，有的把裤腿拉到膝盖。她们还穿着自己的鞋子，有的穿着高跟鞋，显得很奇怪。

全都是女孩。科尼利亚博士也参与其中。他认为异类全都有病。这些事情肯定不是无关的。这些女孩肯定不是无关的，虽然我不知道是什么把我们联系在一起。

她们倚靠着窗户，分散在漂亮的沙发旁。两个女孩贴着紧急出口边的大屏幕电视，她们笑起来，指着什么。我想我可能认识这里的一些人。

至少有一个女孩是斯坦顿预备高中的，班长或者什么人。去年吉迪恩获得科学奖时，在年度颁奖典礼上，我看到她发言。她那时也涂着现在这种亮色唇膏，严重脱妆。她黑色头发，留着漂亮的波波头，显得肤色很白。还有一个女孩，我肯定在牛顿地区高中见过她。她身材高挑，模特一般，长得非常漂亮，黑色的头发，无瑕的皮肤——好像叫贝卡。她踩着高跟鞋，准确来说是厚底凉鞋。不知为什么，她把鞋脱了下来。贝卡与玛雅两人在绕圈跑，但我不知道她俩是不是朋友。有传言说贝卡吸食海洛因。是一个很可信的人说的，如果我没有记错的话。

我不知道雅斯佩尔和她是不是朋友。想到雅斯佩尔，我就胸口痛。他没事，他必须没事。我知道的。是这样吗？应该是。但愿如此。

在房间的另一头还有两个女孩，好像也是我们学校的。那个红色卷发、扎着发带、长着雀斑的人叫伊莉斯，我相当肯定。妈妈出事之前，伊莉斯刚转学过来，就在年中的时候。凯西后来告诉我，伊莉斯因为在来德爱商店偷了许多箱清至牌口香糖，被之前的学校开除。凯西还告诉我，伊莉斯做了变性手术。凯西很高兴得到信任成为首个知道此事的人。

突然，哈多克斯医生的手机响了起来，吓了我一跳。"啊，抱歉。"他在口袋里寻找着手机，"是科尼利亚博士。我先前打电话给他，告诉他你经历了什么。我应该接电话。"

"但拜托你再问问我朋友的消息。他叫雅斯佩尔。"

哈多克斯医生点点头："我会尽我所能。"

然后他走到我听不见的地方，就好像他不想让我听他和科尼利亚博士对话。

我不怀疑哈多克斯医生是出于好意。但是想相信你在做正确的事情，不代表就能相信。我可能不知道究竟是怎么回事——从头至尾——但是我确信，只要有科尼利亚博士参与，就是一件非常糟糕的事情。对我们所有人来说都是如此。

哈多克斯医生走出大门，这时我才注意到有两个肌肉发达的大块头男人，分别把着房间另一组门。每个门上都有小窗。门通向外面，或者通向医院的主要区域。这俩男人穿着合身的黑色制服，制服上有很多口袋。他们直视前方，似乎全副武装着，虽然我没有看到任何武器。

几个女孩已经注意到我，和吉迪恩同一学校的那个涂着红色口红的女孩似乎对我很感兴趣。她们注视着我，这让我很焦虑——常规的、和异类无关的那种焦虑。尽管如此，实际危险正在压制我的焦虑，就像我之前找寻凯西，试图在紧急状况下稳住阵脚的时候。

除了两个女孩在一起看电视之外，其他人都彼此保持距离。事实上，其他的女孩似乎都各顾各的。不高兴，但也不害怕。

我看着贝卡走向一个警卫。与其说是走，不如说是潜进，就像一只邪恶的猫，即使身上穿着不舒服的运动服。那个警卫看起来很高兴，但对她走过去并不感到惊讶。就像他有一群追随他的漂亮女孩，尽管他个子矮小，秃顶，还有一点啤酒肚。贝卡就靠在他旁边的沙发背上，一只腿前后晃动，像一个节拍器。我试图想象她的手臂上扎着针，而且——奇怪的是——我做到了，虽然我也不知道这会不会让谣言更真实。

即使在房间的另一头，即使不是异类，也能看出这是故意调情。不过，警卫全然接受了。他身子前倾，靠近她，说了些什么，下巴自命不凡地抬起。

"嘿，你叫什么名字？"我身后有人在问。

我转过身来，看见一个身形娇小的女孩，身着大运动服，戴着更大的眼镜，对比十分鲜明。而且她就站在我的旁边，距离我不过几厘米，但这几厘米是最重要的。也许是因为她站得近，我感觉她的情绪扑面而来，而且她的情绪很混乱。她有点儿害怕，也有点儿担心。还很兴奋？她为什么很兴奋？我的感觉准确吗？我想去分辨，这时我觉得头晕。她的感觉像闪光灯一样在我眼前闪烁，太亮了，然后一闪而过。我只想闭上眼睛，不再去管。

"你好？你叫什么名字？"她又问了一次。这次声音更大。

"威利。"我退后一步，希望她不要跟着我。

她面露疑色，"还有人叫这种名字？"

"这也是我爷爷的名字。"我不想失礼。我现在可得罪不起谁。

"我叫特蕾莎，"她转动眼珠说，"就是特蕾莎修女那个特蕾莎。我奶奶超级虔诚，"她又盯了我一会儿，然后笑了，笑得让我反胃。

"你是不是在牛顿地区高中念书？"我问道，虽然我没有见过她。随便说点什么，也许能把我的注意力从她那混乱而扎眼的情绪上转移开。

"哦，不是，"她回答，好像我问了一个有史以来最荒唐的问题，"我在家上学。我奶奶以前在一所高中教科学，她觉得亲自教我更好。她全权负责我的教育。"

"你在这里待多久了？"我问她。

"很久了，四个小时了。"身后传来另一个人的声音。当我转过身，我看到吉迪恩所在班级的班长。近距离看，她化着精致的眼妆。当她用手撩起头发，别到耳后，我瞥见她一只手上的手镯，上面缀满钻石。我猜那是真的钻石。吉迪恩是学校里家境最差的。"嘿，我认识你吗？"

"不认识，但是我弟弟在斯坦顿预备高中念书。"我说道。她居然认出了我。或者，也许她发现我和吉迪恩长得很像。毕竟我俩是双胞胎。

"他叫什么名字？"

"吉迪恩。"

她耸了耸鼻子。"不认识，从来没听过这个名字。"她抓住另一只手腕上的黑色编织手镯。紧张和悲伤——她的情绪很容易读出——还很恼火，但似乎更多是紧张。"我是拉蒙娜。"

当我转过身，我看到贝卡已经悄悄走了过来。

"我是贝卡。"她说道。

"对，"我说着，已经觉得尴尬，"我想我们以前是一个学校的，牛顿地区高中。我以前和玛雅是朋友，很久以前。"

"哦，这样啊？"贝卡问，但是好像兴趣不大，"那里的人我不太记得了。我一直飘飘欲仙。后来就不去那儿了。"

"不去了？"我问道。说出来怎么这么怪异，像在对她评头论足。我会自己闭嘴。其实我真正想问的是她认不认识雅斯佩尔。而且我有一种讨厌的预感，她的话可能会让我更加担心雅斯佩尔。

贝卡耸了耸肩，说："要全身心投入戒毒。不过我现在已经戒了。为了按时毕业，他们说什么，我做什么。我一直在做心理治疗，而且我有一个导师。"她摇摇头，"就是为什么这很扯淡。"

"这里几乎没有谁念正常的学校。我们发现我们有很多的共同点。"拉蒙娜说，"他们一直说会把所有事情解释清楚，包括为什么是我们？为什么我们在这里？但是他们什么也没有告诉我们！他们只是不断地说，有人一定会告诉我们。首先是哈多克斯医生，现在他说是国家卫生研究院。所以我们猜测，这与不去学校无关，尽管我们不去学校的原因各不相同，贝卡为了戒毒，特蕾莎在家学习，让我们面对现实——不去学校对我们每个人来说似乎都是最适合的。"我望向特蕾莎，想看看她是否听出了讽刺，但是她似乎没有在听。"那边那个女孩暴饮暴食。那个女孩有盗窃癖。我'欺负'别人——顺便说一下，这并不属实。"

"他们没有跟你们说'熊猫'吗？"我问道，并不想做解释。

"哦那个，他们说过，"拉蒙娜挥挥手，"是他们编的故事。我们都不相信。不过，我爸妈对有希望解释我哪里'出错'超级激动。"她耸了耸肩，"哪怕说我得了瘟疫，他们都能接受，只要能证明责任不在他们身上。我告诉我爸妈这套理论有漏洞，而他们的反应是，无论如何，治好她。"

不过，拉蒙娜没有提到异类和超强情绪感知方面的东西。我应该告诉他们，至少提供一种可能性。但是我犹豫了。她们可能不会相信。而且这些东西很难解释。但这并不是我不说的原因。我不说的原因是，我还没有准备好把我仅有的东西和盘托出：我的秘密。不说并不会让她们觉得我是好人。但是说也不是一个好主意。而且，我只能说"我信任他人的理由"一直不足。

"好蠢啊。"有一个声音从我下面传来。这时候我才注意到，我右边的沙发上有两条腿，舒展开，有沙发那么长。一本书挡住了那个人的脸。书是乔治·奥威尔的《1984 年》。

"什么好蠢？"贝卡问书后面的人。

"你们所有人，想搞清楚这些混蛋要干吗，好蠢。"她继续说。我看到她一只手腕内侧有一个无穷大符号的文身。"无论你们怎么想，真相可能要糟一千倍。而且他们不打算说清楚，因为你们猜对了。"

"'他们'是谁？"拉蒙娜问道。她很恼火，但是有点担心了。至少我想那是她的感觉。周围有这么多女孩，我不可能读准她们每一个的感受。

"看情况，"书后面的女孩说，"我刚才说的'他们'，指的是除我们以外的人。"

她说得有道理。我在缅因州营地得到的一个教训就是，幕后"操控"要比表面上看到的复杂得多。

"我看到你也和那个警卫说话了，"拉蒙娜对书后面的女孩说，"你确定他没有告诉你什么？"

"我一直都没有跟任何人说话。"她说道。

"我看到你跟他说了。"拉蒙娜不依不饶。

"那么，我建议你去检查一下眼睛。"

"嗨。"我说道，希望女孩把书放下来。目光接触可能有助于我读懂她。实际上，人群的嘈杂震耳欲聋。"我是威利。"

最后，女孩把她手里的书放了下来。她有一双美丽的琥珀色眼睛，长长的棕色卷发。她长得很漂亮。她挑起一侧的浓眉。但是我仍然无法读懂她。好像什么也读不出来。有的人的情绪是一团糨糊，但是这个女孩的就像有一堵墙隔着。

　　"嗯，我知道你叫什么名字，因为你刚才告诉过特蕾莎。"她的话很尖锐。我只能听出她的语气很不耐烦，但是丝毫感觉不出来。"而且你知道吗，要是你想通过这种方法让别人告诉你他的名字，那不可能，你得想别的办法。因为，这也很蠢。"

　　"别理凯尔西，"拉蒙娜说，"她就是……一个贱人。她就那样。"

　　凯尔西皱起眉。"我只是不喜欢跟你们这些笨蛋玩没有新意的南希·朱尔（Nancy Drew）[1]，并不代表我是一个贱人。"她在沙发上挪了挪，再次拿起书，"他们有两天的时间做愚蠢的测试，观察我们，等等。至少这是我父母同意的。就是这样。在此期间，我们都只能祈祷别被他们乱植入东西，或者下毒。"

　　"他们说感染埃博拉的人其实根本没来这里。"特蕾莎说。她现在坐在地板上，抱住膝盖，环顾四周。我很高兴现在至少感受不到她的情绪了。我再也不想去读她的内心感受。"我们会相信吗？也许他们就想让我们感染。就像凯尔西说的。"

　　"我没有说感染，"凯尔西嘟囔道，"我说下毒。"

　　"别说了。"拉蒙娜说着，又站了起来。这次她拨了三下手镯，又拨了三下。可能有一点强迫症，但是我感觉到她的情绪变得更加

1　Nancy Drew 是一个冒险解谜游戏。——译者注

复杂。混杂着愤怒，能让你欺负别人的那种愤怒。"特蕾莎，你他妈的提埃博拉干吗？"

"而且，"贝卡指向警卫，"他们至少要戴面具或者别的东西。"

"对，说得好，"拉蒙娜深吸一口气，"听见了吗，特蕾莎。现在闭上你的嘴。"

"与埃博拉有什么关系？"我问道。而且哈多克斯医生之前也说到了埃博拉，感觉不妙。

"这里。"贝卡指着房间。"还记得前几年在美国爆发的埃博拉病毒吗？他们建造了医院的这个部分来收治埃博拉病人。哈多克斯医生告诉我们，这里没有派上用场，因为人们不得病了。"

"哦。"我说，这样倒是能说得通。

"知道这个，让你更难受了，对吧？"凯尔西问我。我看着她，但是没有回答——她说得对。这个细节让我如此不安，我不清楚是为什么，也许是因为埃博拉太真实了。几年前，当埃博拉的消息满天飞的时候，我确实听说他们建立了一个检疫中心。他们想关人就关人，这一点确实让我很震惊。现在到我们了。被关在里面，就像埃博拉病人一样。"嗯，这就是为什么我不想知道实情。因为很多时候真相比你能想到的还要不堪。"

10

然后，我身后有一个人拍起手来。是贝卡。她走到房间的中心。又拍了两声，就像她正在吸引某个教室里的小孩的注意。

"好了，我们去玩'两个真相和一个谎言'。"贝卡说道，"走吧。大家都去。该死的，我要换换脑子。"

有些人不高兴地嘟囔。但是大多数情况，有事情做应该感到开心。而我的第一反应是不。我还不知道雅斯佩尔的安危，怎么可以去玩呢？但是，目前我很需要转移一下注意力。感觉保持理智可能要靠它。

"'两个真相和一个谎言'怎么玩？"特蕾莎问，好像害怕玩这个游戏会惹麻烦。

没有人回答她。大家反而都聚在贝卡身边，包括我。就连凯尔西也站了起来，虽然她看起来并不打算参与这个游戏。

我们靠近贝卡，就像饥饿的嘴巴等待喂食。"天哪，都后退，坐下，"她对我们说道，"给我一点空间呼吸。我以前玩这个游戏的时候，毒品更多，人更少。"

最后，大家在地板上围坐成一个大圆圈，双腿交叉，肩膀耷拉，就像几岁的小女孩。贝卡是唯一还站在中心的人，我们都等着她。而且对她寄予了比玩一个简单的游戏更多的期待。好像我们希望她带领我们找到真正的答案。但是贝卡没有准备好承担这么大的压力，很快她没有了表情，脸上失去了神采。

我看着贝卡，心想要是她知道自己是一个异类，会有什么不同——假设我想的没错，她是一个异类。如果她知道，那一刻她的感觉中有一部分可能是和我们一样的感觉。我察觉这一点后感觉很不一样。我们每个人可能仍旧支离破碎，甚至可能很难治愈。但是，了解到这一部分自己，可能会改变我们的自我认知——不再简单地认为自己有问题。

也许拥有彼此——不是孤独的个体——也会带来不同。不，我还不清楚其他女孩是不是异类，但是只是想到有这种可能性，想到我可以和同类一起，我就感觉地面更加踏实。

"我来，"拉蒙娜说着，走上前，大姐大一样挥手让贝卡退下，就好像怯场再正常不过，没有人例外，"你坐下。"

贝卡拖着脚坐到了拉蒙娜的位置——圆圈的边缘，然后把长腿抱在胸前，下巴顶着膝盖。贝卡离我太远，我无法准确地读出她的感受。但是就感觉她好像讨厌自己。

"好了，'两个真相和一个谎言'……"拉蒙娜说道，好像正在回忆这个愚蠢的游戏怎么玩。

特蕾莎举起手。"不能说和……呃……性爱有关的东西，因为——我知道这听起来很奇怪，很愚蠢……"她盯着自己的大腿。"我不能说那些东西。我知道我奶奶不在这里，她听不到，但是说那些东西会让她折寿六分钟的。"

特蕾莎就像在说一个既定的事情——六分钟的规则和她奶奶的寿命。就好像她已经让老太太折寿好多个小时了。

"不是非要说性爱方面的东西。"拉蒙娜说道，但是她还皱着眉。而且老实说，我们都知道，我们这个年纪一切最终都与性爱有关。

"那就不说性爱，"凯尔西说道，就好像我们蠢到连这个显而易见的解决方案都没想出来，"不说和性爱有关的真相或谎言，"她说，"应该没有人比我们现在更尴尬了。"

凯尔西的出乎意料的同情心，就是潜力。对我们大家来说。如果我们拧成一股绳。

"好吧，随便。"拉蒙娜不高兴地说。就好像她特别期待性爱话题。与此同时，我暗自吃惊，原来不提到性爱对别人来说是一件很难的事情。可是那对我来说太容易了。

"现在我可以开始解释怎么玩了？"

"请说吧。"特蕾莎笑容满面地说。

特蕾莎是那种独来独往的女孩，即便去了学校，也会不合群。所以这可能是她第一次有机会融入一个小群体。事实上，这是我很久以来第一次有机会融入一个小群体。玛雅她们则完全不同。

"好的，我们先从……"拉蒙娜环顾四周，然后指向红发的伊莉斯，伊莉斯正嚼着口香糖，"……你开始。你说两个真相和一个谎言，关于你自己的。"

"然后告诉旁边的人，哪个是谎言，"凯尔西说着，对看她的拉蒙娜耸了耸肩，"要诚实。"

"OK，好的。"拉蒙娜回头看看特蕾莎，然后转动眼珠。"而且不能和性爱有关，这真的很扫兴。然后由你正对面的女孩来猜，你说的哪两个是真相，哪一个是谎言。我们会记分，得分最高的那个人会赢得——让我想想——我钱包里有一百块钱，要是他们把我们的东西还回来，就拿它作奖励。"

伊莉斯紧张地看着围坐的人，挺直了后背——她似乎决定不去承受这么多瞩目。她按照要求，转身对旁边的特蕾莎耳语，然后转回来。

"我骑过公牛。我对薄荷过敏。我喜欢布鲁塞尔芽菜。"她一口气说了三件事。

"OK，到你了。"拉蒙娜指着伊莉斯正对面的女孩。那个女孩长着一双令人不安的娃娃般的大眼睛，我还没听她说过一句话。"哪一个是谎言？"

女孩回答说："薄荷那个。"声音听起来比她那惊慌失措的眼神要自信，"她不会对薄荷过敏。"

伊莉斯发出一种出奇的愤怒的声音。她很恼火这么容易就被猜到。"好吧！"

就这样，我们玩了一刻钟左右。游戏进行的速度很快。我们知道了谁最喜欢的颜色不是绿色，谁讨厌吃比萨，谁曾经是平衡木的专家。还有谁恐惧花生酱，喜欢蜘蛛，恨自己的爸爸。谁有一个闺蜜叫席德……每次谎言都被快速、轻松地察觉。最终，谎言和真相开始默契地变成更加具体的事情：我出生时下雪；我家的门牌号是714；我曾经有一个老师叫萝丝。但是结果并没有改变——因为我们每个人都能识破所有谎言。

因为我们都是异类。我们每一个人都是。我之前的怀疑得到了验证。

但这些女孩是从哪里来的呢？昆汀事发之后，爸爸保守着他在探索性研究中发现的其他异类的名字。他从父母那里借了一小笔钱来做了研究，记录没有公开，也查不到。记录只储存在他办公室里的一张纸上。也许这些异类是军方发现爸爸的研究并试图破坏之后，自己做"秘密"研究发现的。

我盯着贝卡，想知道她是不是有意提出玩这个游戏来彻查大家的超强情绪感知，但是从她淡定的表情来看，应该不是。而且我环顾四周，似乎没有人注意到我们有多超乎寻常地善于分辨谎言和真相，以及那意味着什么。

直到我与凯尔西目光交汇，我才意识到，凯尔西好像知道。但是她视线一转开，我就任何感觉都没有了。

她真的知道吗？还是我臆想出来的？

每个人都应该知道他们自己是异类。不是吗？除非知道之后，会面临更大的风险。在凯西的事情发生之后，很难说一无所知是否更加安全。那取决于是什么事情。我要和爸爸通话。我要再打电话给他。

我不想让大家注意到我，于是我悄悄离开圈子，猫着身子，走向警卫。即使垂下眼帘，我也能感觉到警卫正看着我靠近，并希望我不要这样。

"我要打个电话。"我说。而警卫并没有看我。"哈多克斯医生说，我可以再打一次电话给我爸爸。电话在哪里？"

最后，他们互相看看，想要决定如何回应。之前与贝卡调情的那个人看着我。"那边墙上有一个。"他不太高兴地说。我们只对视了一分钟，但是我感觉到他身上的可怕、冰冷。就好像他的内心已经死了。如果有必要，他之后会否认曾经允许我用电话。

我朝他指的地方走去，感觉会被人拦下。感觉他们不会让我打电话。或者当我拿起电话，发现拨不出去。但是，我拨出去了。当电话接通时，我激动不已。

"嗨，威利，"他真的说话了，但有点儿上气不接下气，"我下飞机了，正在出站。在找他们派来接我的司机。我一般不关心这种事情，但他们把我的名字写在一张——"

"爸爸！你收到我的信息了吗？"

"什么信息？"他问道，仍在大口喘气，"等等，等一下。"他停了一下，"还没有收到，对不起。手机一直是飞行模式。一切都还好吗？"

我能感觉到警卫在看着我。我说话得注意。他们正伺机介入。

"我在一家医院。"

"发生什么事了？"他恐慌地问，"你还好吗？"

· 093 ·

"我没有受伤，"我说，"但是你知道康奈尔大学的科尼利亚博士，他把一大堆我这样的人关在这里。他们说我们感染了一种叫作'熊猫'的东西。"

"什么？"他现在很生气、害怕和愤怒，"把你们关在哪里？"

"波士顿总医院。"我说。那个目光无神的警卫正在向我走来。可能是因为我说出所在位置，或者我沮丧的语气——所以他改变了主意。

"好的。"爸爸说。他听起来还是很紧张，但是在尽力控制。"你确定没有哪里受伤？"我想了一下要不要告诉爸爸救护车和大桥的事。但是这些可以等他来了再说。他已经很担心了。

"没有哪里受伤，"我回答说，"但我不知道这到底是怎么回事，而且他们不许我们离开。似乎和埃博拉有关。"

警卫在我身后。他的阴气正爬上我的后脊梁。"挂了吧。等医生回来了你再打。"他说。

"对不起威利，我没有在你身边，"爸爸说，"早知这样，我一定不会——我早该想到。"

"挂电话。"警卫说。我手臂上的鸡皮疙瘩都起来了。就好像他把手伸到了我的脖子上。"快点。"

"爸爸，我应该怎么办？"

我在问很多事情。我应该配合吗？我应该尖叫、大喊吗？我应该告诉其他女孩她们是异类吗？警卫站在那里，我只能问这一个问题。如果应该，那我要告诉他们什么？我听到爸爸的呼吸声，我的心脏怦怦直跳。爸爸不是异类，但是他一定知道我说话的时候有所保留。

"我马上赶下一班飞机回来。马上打电话给瑞秋。这种行为肯定是违法的。我让她马上过去。在她到之前，我也不知道你应该怎么做。我想说——"

"爸爸，我得挂了——"

"挂电话。"警卫又说了一次。这次更强硬，而且他现在离我更近。也许近到爸爸都能听到他的话。

"威利，"爸爸更加急迫地说，"相信你的直觉。"

电话断了。警卫用手指按了挂断键，通话结束。"我说了，医生回来以后，你可以打过去。"他说。

当我与警卫再次对望，我的感觉是如此清晰：暴力。他就像某种动物。一只熊，或者一只狼。而且我第一次感觉到实实在在的身体上的危险。但是我还需要打电话给雅斯佩尔。我不能再等阿尔瓦雷斯医生了，虽然她许下承诺，说会发来消息。我要确认雅斯佩尔的安危。现在就得知道。

"我还要再打一个电话，"我说道，因为确实需要，我迫不及待想知道雅斯佩尔的消息，"打给我的朋友，我要确定他没事。"

"我刚才说了，不能再打了。"狼说，"只许打给父母。我们不能任你们和男朋友聊天占着电话。"从他嘴里说出来"男朋友"感觉很肮脏，让我毛骨悚然。

"哈多克斯医生之前允许我打电话给他。"

他瞪着我。"那等他回来，肯定还会让你再打。"

他希望我继续回嘴，这样他就能让我永远闭嘴。

"好吧，"最后我把听筒递给了他，"给你。"

当我从打电话的地方回来，女孩们已经结束游戏，又分散在房间的各个地方，就像我刚进来时一样。我回到我们围成一圈的地方，环顾四周。希望能有所启发。

告诉女孩们她们是异类？还是不告诉她们？告诉她们昆汀、凯西和爸爸那些事？还是只说其中一部分？

爸爸说得容易：相信你的直觉。但是长久以来，我一直在忽视自己的感受，一直在暗示自己所有的感觉都是可疑和错误的，现在我都不知道怎么去读我的感觉。至少现在胃里的一些冷冷的疼痛感还是过去那种常规的焦虑。也许谢巴德医生说的是对的，有一天我会彻底分清我自身的恐惧与我感受到的来自外界的恐怖，但不是现在。

我回想妈妈出去买牛奶的那个晚上。当她走过我身边、走出门口时，我确实有一种不祥的预感。我不想让她去。但是我抵制了那种本能。我决定不说，不让自己"瞎担心"。很多时候我确实应该压制自己的担心，即使是现在。但是也有例外。那一次我的担心对了。忽视自己的直觉错了。

我先前担心雅斯佩尔出事，也对了。现在我觉得他已经没事了。我太希望现在的感觉也是对的。我只怕自己混淆了希望与真相。

其他女孩也必须有机会去感受自己的处境。就像我现在一样。在这个意想不到的地方，一点一点地发觉。她们应该知道爸爸及其研究，还有科尼利亚博士及其怪异的想法。她们有权知道自己可能是异类。

11

"你读过这个吗?"

当我低下头，凯尔西又在沙发上伸开了腿。她在上面窝了一整天?"啊?"

"我问你读过这本书没有?"她把一根手指伸进《1984年》的封底。

"哦，应该读过，"我回答道，我很想知道，为什么世界都要爆炸了，我们还在说这么无足轻重的事情，"我不记得了。"

凯尔西对着手里的《1984年》皱起眉头，似乎得出了一些结论。然后她把书递给我。"拿去，"她对我说。她的感觉还是像一堵砖墙。我只自己练习过六周读别人的感觉，就属她的感觉最难读。"送你了。"她说。

而且她这口气好像是给了我多大的馈赠，于是我产生了本不该有的不爽。"不用了，谢谢，"我说，"我没有心情读。"

"我是认真的。拿去，"她再次向我挥手，"你需要它。你应该再读一读。"

我涨红了脸。这会儿我真的生气了。"我不想要。"

"可是你需要，"她说，"但是你必须答应我，你会读，而且会读完。然后，我们应该聊聊里面的内容，像读书俱乐部那样。"

我不情愿地从凯尔西手上接过书，然后盯着磨损的书页。看得出书被翻阅过很多次，书脊已经被修复了不止一次。当我抬头再次看她，她读起另一本书《华氏451度》。

当我们的目光再次交汇，她的感觉突然冲向我——怒气，愤慨，义正词严，忠心。然后瞬间消失。就像关了灯。而且她的脸上也浮现出一个表情。看到了吗？她是在向我展示。证明她知道自己在做什么——甚至还知道我在想什么。

"等等——"

但是我的话还没说完，无窗门就嗡嗡地开了，哈多克斯医生从门外走了进来。"对不起，我去了很久。我知道我答应过向你们透露更多的信息，"他对所有人说，声音很急，"我确实带来了一些好消息。"

"你问到我朋友的消息了吗？"我问他。

哈多克斯医生表情很困惑，就好像忘记了关于雅斯佩尔的一切，我觉得他已经忘了。"唔，没有……"

"我们可以回家了吗？"拉蒙娜问。她出现在我的旁边，双臂紧紧交叉。

"唔，还不行，不过你们最初的验血报告出来了——我知道你们当中有一些人还没有检测。但是初步数据足以证实你们大家都没有感染。"他说着，像棒球裁判一样用手做了一个判定安全上垒的动作。

"感染？"贝卡脖子一歪，大声说道，她很生气，也很害怕，"谁说我们感染了？"

哈多克斯医生又瞪大眼睛。"唔，我们之前就很肯定'熊猫'不传染，"他坚持说，"但是，唔，还是确认一下的好。很奇怪，会在小范围出现这么多'熊猫'疑似案例。这就是为什么我们——或者说他们——要让你们待在这里。"

我现在只能想象大厅里那些与其他父母的对话是怎样的。要吓他们太容易了：老邻居，你家里还有其他孩子吗？他们有可能会感染。我们不知道这是什么病。而且我们不知道会不会恶化。以防万一，最好还是交给训练有素的医务人员。是的，只是以防万一。称职的父母会保护自己的孩子。以防万一。

"这和埃博拉无关，对吗？"特蕾莎走到我旁边，问道。她听起来很害怕，但是我又觉得她像在偷笑，就像小孩调皮捣蛋一样。

"埃博拉？无关，当然无关，"哈多克斯医生说，他神情困惑，还被问得有点恼怒，"我说过，没有一个埃博拉人来过这里。但是我能理解你们想知道更多的信息。幸运的是……"——他穿过房间，走到最远的一扇门，从小玻璃窗向外张望，好像在寻找外面的人——"国家研究院的人终于来了。他会给你们更清楚地解释为什么一开始怀疑大家感染了链球菌。"哈多克斯医生深吸了一口气。他放松下来，但不是因为我们没病。他很高兴，因为我们不会再追问他问题了。我们即将成为国家卫生研究院的麻烦。"让我出去看看这个名字很难记的弗雷德里克·米切尔博士在哪里。"

弗雷德里克·米切尔博士。这个名字让我脑子里响起了警报。弗雷德里克·米切尔博士。弗雷德里克·米切尔博士。我想起来了：妈妈死后几周，有一个高个子、大胸肌的男人来过我家，比雅斯佩尔和我去缅因州寻找凯西还早几个月。我记得他奇怪的说话方式和他不伦不类的眼镜。我记得当时我就知道他的身份是冒充的。现在又跟他扯上关系。这一切似乎都证明了与爸爸的研究有关。

哈多克斯医生扶着身后的门，侧身让另一个人进来。

他进来了。我希望自己看错了，但是没有。一样的头发，一样的眼睛。依旧帅气，但是这次他穿着西装，风格完全不同。完美的姿态，自信的步伐。看不出一点失意。

"好极了，这就是国家卫生研究院的米切尔博士。"哈多克斯医生说道。

但是，这个弗雷德里克·米切尔不是上次来我家的那个弗雷德里克·米切尔。站在那里的，是那个帅气沉稳的男人，是那个曾经说服雅斯佩尔和我，获取了我们信任的人。我们听从他，跟着他进入黑暗的、被遗弃的营地。我们感激他让我们跟来。他一直结巴，但是突然之间他不结巴了。

他是塞内卡警察局的肯德尔警官。

我在心里喊道：大家快跑！那是一个坏得不行的坏人。但是我不能出声。我不应该出声。肯德尔有可能还不知道我在这里。所以我要藏好，别被他发现。我抱紧自己，好让身体不发抖。

雅斯佩尔。他是除了我以外唯一一个知道肯德尔的人。我需要雅斯佩尔告诉我，这不是幻觉，眼前这个男人真的是肯德尔。

"谢谢你，哈多克斯医生，"肯德尔先生向前迈了一步，"感谢大家的耐心和谅解。情况非同寻常，而且我们花了一点时间来获取支持。"

他听起来像是对数百名病人说过数百次。安慰他们，并让他们放心，给出复杂的医疗信息，并告知梦魇般的诊断。这个人是谁？我只知道，他真的是一位博士。也许之前他在塞内卡的时候对我们说了谎。

"拜托……"特蕾莎说。她的声音很尖。但是我离她这么近的距离，仍能感觉到她内心的兴奋。就好像她在等待大戏开演。"这到底是怎么回事？"

肯德尔说："首先，我想告诉你们，你们都会没事的。"

"哈，不信，"拉蒙娜说着，把一只手放在屁股上，噘起嘴，"你要说什么？我们都会死吗？"

"这个问题完全合理。"肯德尔说道。一阵安静。然后他的目光从拉蒙娜转到其他女孩身上，我则退而远之。我非常想读他的情绪，去感受他是否在说实话。但是我离得太远了，而且人太多了。"我所能做的只是把我们掌握的信息告诉你们，希望你们能够信任我们。你们都不会有事的。国家卫生研究院只关心你们如何感染上这种极为特殊的链球菌，而不关心你们的疾病的严重程度。"

"怎么个特殊？"拉蒙娜问道。

"特殊在于感染'熊猫'的概率很高，还有它的传播方式。看起来你们感染的链球菌要么是食物传播，要么是水源传播。链球菌可以这样传播，但是不典型。"

贝卡小脸一皱，指着哈多克斯医生说："他告诉我，我们染上链球菌，可能是因为人们不讲卫生，不洗手。"

肯德尔说："这当然是一种可能性。"

"还有别的可能性吗？"凯尔西问道。她身子微微前倾，而我藏在她身后，必须小心。

"我们猜测有人蓄意发动生物恐袭，把链球菌放在你们常去的一家或几家食品店，比如说巴科威购物中心的冷冻酸奶店就有可能。我们从一些在线聊天中掌握了初始线索，然后顺着你们父母的信用卡收据，结合你们全部失学的事实，找到了你们。"

我知道那家酸奶店，而且我去过那里。但是，方圆50公里的大多数青少年八成都去过那里——那家店生意很好，买单的人总是排着长龙。而且从大家嘀嘀咕咕和面面相觑的样子看，我们肯定都去过那里。

"恐袭？"特蕾莎喊道，反应迟钝得有点奇怪。她甚至夸张得用一只手捂住了自己的嘴巴。但是我仍能感觉到她的兴奋。我为什么一直有这样的感觉？这说不通。

"瞎扯，"拉蒙娜怀疑地说，"如果这些是'症状'，为什么我一向如此？还有，恐怖分子为什么要做一个杀不死人的武器呢？那也太愚蠢了。"

"首先，'熊猫'可能会让现状恶化。"肯德尔继续说，说得如此优雅、流畅。他的从容，让哈多克斯医生都不自在。"其次，我们掌握了可信和详尽的情报，情报表明这只是一次试验。他们可能想用更有威力的介质再次发动恐袭，也可能只是彰显其引入感染的能力，以此制造社会动荡。"

肯德尔是如此有说服力，我差点都要相信了。他说的有可能是真的吗？我们生病了，因为有人故意让我们生病？我正想着，突然发觉有一双眼睛在盯着我。我一看，是凯尔西。我读到她的感觉：这是胡说。一派胡言。我无须读出准确的用词，因为她的情绪已经一清二楚。

凯尔西转向肯德尔，然后举起手来。"不好意思，要是我们没有感染，也不会死，那我们可以回家了吗？"

"我想回家！"贝卡突然哭了起来。当她不得不退出游戏时，也出现过同样的一幕。"我得离开这里。太窒息了。"

"听我说，信息量的确很大，需要慢慢消化。"哈多克斯医生说着，走上前，并举起手来。他觉得自己的话造成了我们所有的不良情绪。"你们都会没事的。冷静很重要。"

"但要是恐袭行为，我们就需要从你们那里收集尽可能多的信息来锁定肇事者。"肯德尔说道。

现在可以肯定，他在说谎。我有过怀疑，但是整件事太符合科尼利亚博士重建事业的需要了。而且这个房间里只有我知道肯德尔在说谎。我的直觉告诉我：我得说点儿什么。

"你跟我们的父母说科尼利亚博士和他的书了吗？"我问道。但是我知道我的声音太小了。我必须要大声说出来。我要提高嗓门。

"不好意思，后面有人说话吗？"哈多克斯医生问，"我们听不清楚。"

我深吸一口气，挺直后背，向前迈了一步。"你跟我们的父母说了吗？这里的负责人科尼利亚博士想卖一本书，刚好是讲目前这种情况的？很巧吧?！"我的声音洪亮有力，胸腔都在震动。我注视着哈多克斯医生。我还没有准备好面对肯德尔。"而且，你们不能为了调查之便，就限制他人的行动自由。"

我知道这么多，要感谢瑞秋。她清楚地说过，我要是不想说，可以不跟任何人说缅因州营地发生的事情——克鲁特警官倒是再也没有带人来过。除非他们终于还是来了，也许这次就是他们。

"嗯，我想我们确实不能。"肯德尔盯着我说。这么远的距离，我仍然读不出他的情绪，但是从他的表情来看，他一直知道我在这里。他就是冲我来的。"但是，这种情况变数很多。许多事情和表象不同。可能很难跟上，但是你应该试试。"

这是发给我的讯号。很难跟上，但是你应该试试。但这不是威胁。我觉得他想帮我。

"威利说得对，"拉蒙娜说着，走过来站在我的旁边。她轻拂了一下手镯，但是这一次难以察觉，"这是一个自由的国度。你们不能以帮助我们之名，让我们帮助你们。"

"没错，你们不能把我们关在这儿。"贝卡说。

"没错。"凯尔西说，现在也站到了我的旁边。下决心改变，我感觉到了，不只是声援。

"让我们走！"

我不知道是谁率先喊了起来，但是现在大家都开始喊："让我们走！"除了我。我站在那里没有出声，盯着被我制造的反抗声所包围的肯德尔。"让我们走！让我们走！让我们走！"

肯德尔的表情平和冷静，好像一切都在计划之中。好像他已经想好怎么办了。

"OK，大家都冷静下来。"哈多克斯医生喊道。

喊叫声似乎惹怒了警卫，但是警卫其实并不关心。"安静！"狼喊道。

肯德尔的视线转开了一下，被什么东西吸引过去。他在口袋里摸索，最后掏出了一台手机。

"很抱歉，"他说道。他先看向哈多克斯医生，然后看向我，"我得出去接个电话。"

这是一个信号：可能很难跟上，但是你应该试试。肯德尔官员已经优雅地走向带小窗的门，朝着狼和狼前面的伙伴走去。走向外面。他很快就会消失。我的直觉告诉我：跟上他。至少要试试。就像爸爸说的，我要相信我的直觉。

我走得很快，但是很冷静——至少我试图冷静——向喷泉走去。肯德尔大方向在朝那里走，更妙的是没有人会多想我是去哪里。肯德尔走到警卫那儿的时候，我也会走到喷泉。

等会儿就会有嗡嗡声，然后门会打开。不会很久。我必须闪过警卫，趁他们惊呆的时候跑出去。

但是，警卫给肯德尔开门花的时间比我预计的要长。他们用钥匙卡试了三次，方才成功。我等待着，嘴唇因为喷泉的流水而变得冰冷。终于，我听到了嗡嗡声。然后门打开，肯德尔走了出去。

机会来了。快。快。快。

我跟在肯德尔后面，冲向亮堂的大厅。突然，疼痛扑面而来：我的膝盖挨了一警棍，我的脸撞在墙上。一只手从我的脖子后面拽我的头发。

但是这个时候出现了一个时间差。然后我神奇地出了门。我在大厅里了。肯德尔就在前面，和我之间有一段距离。

有一个人在我身后大喊。是其中一名警卫。"你——嘿！"

但是不等他抓住我，门就关闭了。

"你在这里做什么？"我冲肯德尔大喊，"这是什么？"

他没有加快脚步，但是也没有放慢脚步。穿着订制西装和硬皮鞋的他，就按自己的节奏走着。但我离他还是那么遥远。

"嘿！"我再次大喊。我听起来很生气。因为我的确很生气。我愤怒不已。肯德尔可能没有亲手杀死凯西，但他是同谋。"你是谁？"

但是肯德尔忽略了我。他不能忽略我。我不会让他忽略我，尤其是在这个时候。

我身后的门终于开了。我听到他们步速很急，于是我开始狂奔。

我要在他们赶上我之前赶上肯德尔。我冲刺的时候，感觉自己的心快跳出嗓子眼儿。直到终于离他很近了，我伸出手指。我不只想阻止他，我还想抓他，抓烂他的皮肤。但是我离得太近了。我的脸撞在他的肩上，然后跟他一起倒在地上。他是故意的，我断定。并不是我把肯德尔推倒了，而是他想要往前倒。

我的膝盖撞在地板上，一阵疼痛袭来。而肯德尔竟然轻松地推开我，转身用力抱住我的前臂，然后把我的头扭向他。

"快跑。"他对我耳语。

一张纸，卡片，折成方形，很锋利。然后我读到了肯德尔的感觉：绝望、后悔、抱歉。这是他弥补的方式。

我设法把纸塞进内裤里，与此同时，几个警卫把我从肯德尔那儿拉了过去。肯德尔平静地站了起来，拍了拍自己的衣服。

"放手！"我一边喊，一边踢警卫，他们却抓我抓得更紧。反抗没有意义，但是我无法停止反抗。"你们弄疼我了！"

当狼出现在我上面时，他眯着眼睛，咬牙切齿。

"威利！"是哈多克斯医生的声音，他的脸也突然出现。他手上拿着针管。"我们需要你冷静下来。"

而我读到了他的悔意。不同于肯德尔警官，他的悔意不是对过去，而是对现在。对此刻行为的歉意。他起初没有想到会这样。他根本不想这样做。

12

我睁开眼睛，眼前一片漆黑。我尝试移动，这时候我的脸痛了起来。肯德尔警官的肩膀，将我按倒在地的警卫——有很多种可能的解释。药物让我失去了知觉。

快跑。这是肯德尔说的，而且他是认真的。他也在担心我。他说了那么多的谎言。但是在大厅里的时候，他说的是实话。对此我毫不怀疑。

我以为手臂又被绑了起来。但是并没有，我试了试，手能举起来。

黑暗中，我慢慢地下了床，一只手扶着墙，去摸索门边的灯的开关。电灯泡在亮起之前闪烁了几下。我在一个小房间里，房间里有一张床，很像我第一次醒来的那张床，但应该不是同一张。这张床有一股新刷的油漆味儿，熏得我又头晕了。

我想回到床上去。往回走的时候，我髋骨那儿的皮肤被什么东西扎了一下。直到我把它从裤带里掏出来，才想起来是肯德尔警官写的字条。难以置信它还在那里。

我的手颤抖着把纸展开。我不知道里面会写什么。可怕的解释？让一切更糟的新的细节？但都不是。里面只写了一个地址，并做了一些说明：高尔布赖特小路323号，按这个顺序按门铃：1、5、3、4、2。找约瑟夫·康拉德。

我不知道哪个更疯狂，是肯德尔认为我会按他写的去做，还是我真的在考虑按他写的去做。而我的直觉告诉我，我应该按他写的去做。我现在只能相信我的直觉。

当我继续行走，并在桌子上看到凯尔西给的《1984年》时，我更加不淡定了。我去追肯德尔之前，它明明放在公共休息室里。是我昏睡的时候，凯尔西专门放过来的吗？她还真是执着。我拿起书，继续朝床走。

我需要再打一个电话给爸爸。我需要和雅斯佩尔谈谈。而要做这两件事中的任何一件，都需要有哈多克斯医生的批准，否则狼一定还会阻止我。但是哈多克斯医生会同意吗？我已经两次想逃跑了。我还让他为扎我一针而内疚。他可能会怪我让他内疚。

不过，我别无选择，只能试试。我只要冲到公共休息室，并要求见哈多克斯医生。等我准备好进行下一场战斗，我就去。我深吸一口气，心不在焉地翻开凯尔西的书《1984年》。

然后我的心开始狂跳。

凯尔西的书上全是她的字迹。里面写着"阻挡"，在这个词下面还有一行行的黑字，用圆珠笔写的，印子很深。第一行写的是："相信谎言。"

我双手颤抖地翻阅着，喜忧参半。从这些内容当中，我明白了为什么凯尔西的情绪很难读，以及她为什么那样看我。就像我们分享了一个秘密。

我随意翻看着，想找出哪里是开始。我在第83页停了下来。那一页的边缘写着一个日期：6月12日，以及一行像是日记里的字："我知道在你哭出来之前，心里就已经开始哭泣了。"

署名的是小凯。可能是凯尔西的简称。我不知道这里的"你"是指谁。下一行字的日期是6月21日。

"爸爸还没回来，我就知道妈妈和爸爸要吵架。我知道爸爸吵着吵着，会撒一个关于工作的谎。但是妈妈会相信。"

这句话的署名是小加。从她对她父母的称呼推测，她可能是凯尔西的姐姐，就好像那是她们共同的父母。我又翻看了一分钟，确定书上的字迹就是她俩在对话。小加显然是加布瑞尔的简称，有一个地方名字写完整了。从日期上看，好像最先是从内封面开始写，然后跳到内封底，然后是标题上和结束页，最后又很随意地跳到第56页，一直写到最后一页，上下留白的地方都写满了。

"我们为什么要在书上写？而不用空白的笔记本，笔记本的空间更大。"有一天小加问道。

第二天，回复："因为将来他们肯定会来找的。小凯。"

凯尔西和加布瑞尔记录得很详细：什么时候她们似乎预知了未来之事；什么时候她们说对了别人的感受；什么时候她们怀疑别人

在撒谎；什么时候她们的猜测得到证实。她们就像做游戏一样，每次证实，就把时间写下，标个星号，两分命中！

我不知道加布瑞尔怎么能有幸免于被关在这里。我翻回前页，想看看最开始是什么样的。她们是如何发现自己具有读人的能力。因为我是在昆汀告诉我，然后我爸证实了之后，又过了几周才感觉真的是这样。而没有人会告诉加布瑞尔和凯尔西什么，更不用说有一个科学家父亲了。

"今天我告诉了你。而最不可思议的是，你马上说'我也是'，就好像你一直在等这一刻。小凯。"

如此，从凯尔西因为信任说了一个小秘密开始，她们开始一起读人，判断自己是对是错。她们也拿对方练习。她们几乎和我一样，知道了人群中的人难读，而目光接触会有帮助。和我唯一的区别是，她们俩有交流。我设想自己和吉迪恩，或者和凯西更好，或者和不存在的姐妹一起经历这件事。相依为命。这让我感到胸口疼痛。

这个时候我才意识到我不想成为异类的根本原因是多么可悲：我不想感觉更孤独。我抗拒这新的部分的我，因为它意味着我和外界距离更远，我和外界已经相隔那么远了。但是，如果有更多的凯尔西和加布瑞尔，如果异类是一个群体，那么我的感觉可能会不一样。也许作为一个异类，意味着我会找到自己的归属。

很快，我从逐句细看变成扫视。内容太多了，我没有耐心一点点看。但是看到这几行字的时候，我停了下来：

"1.专注和练习帮助很大

2.阻挡：假装那不是真的

3.人群中的人难读；目光接触会有帮助

4.不只是读人的情绪？某一天，知晓未来？？"

阻挡。我读不出凯尔西的情绪时，凯尔西一定是在阻挡我。我花了几分钟才找到凯尔西和加布瑞尔详细记录"阻挡"的地方——"控制自己的感受，不让别人读出。"看似简单，但是没有另一个异类来测试我，我怎么知道做对了没有？

我关上书，深吸一口气。我需要和凯尔西谈谈。我需要了解她知道什么，弄清楚为什么她给了我这本书。我的意思是，她显然知道这是我们共有的能力，但是她想要看到我的什么反应？

不过，这不是当务之急。当务之急是给雅斯佩尔和爸爸打电话。如果打不了，或者打不通，那我也不能等爸爸从华盛顿回来，或者等瑞秋来支援。也顾不上凯尔西想让我知道的一切。我得立马走。大家都得立马走。

当我终于出了房间，朝公共休息室走，大厅已经空荡荡。我希望在公共休息室找到哈多克斯医生。希望他别因为我追赶肯德尔而生我的气，希望他让我打狼不允许打的电话，先打给爸爸，然后打给雅斯佩尔。此时此刻，哪怕给雅斯佩尔发一条信息，也比什么都不做要好。而且我会先向哈多克斯医生道歉。这样最合适。哪怕我一点儿都不觉得抱歉。

我还希望看到窝在沙发上的凯尔西。我想象着自己会对她说什么。从"嘿，书很棒"到"所以你也是一个异类"。感觉都很尴尬和不妥，特别是她很可能根本没听说过"异类"。

但是当我终于到了公共休息室，我惊呆了。这里只剩下一片寂静和灰暗。没有哈多克斯医生，没有窝在沙发上的凯尔西。没有一个人，空空荡荡的。头顶的灯是关着的。当我看向窗户，天已经黑了。

肯德尔刚走进来的时候，肯定才下午三四点。看来我昏迷了很久，可能昏迷了几个小时。谁知道后来发生了什么事情？

"嘿，你还好吗？"一个男人问。我转过身，看见门窗边站着两个新的警卫。至少不是狼。

"大家都到哪里去了？"我问道。

"唔，睡了？"左边那个留着络腮胡、腰很粗的警卫说。他看了看手表，"凌晨两点多了，你需要我们去叫医生吗？"

他主要是希望我走。这一点我感觉很强烈。我的出现让他很紧张。可他都还不知道我是那个企图逃跑的人。他害怕发生什么事情，结局悲惨。他不相信自己的控制力。直到那一刻，我才确信：这些人，无论他们是谁，都不是正规医院的警卫。

也许整个局势我都想错了。也许不是一件事情，一群人。可能会像肯德尔说的那样——有很多的变数。哈多克斯医生和他的老板，追逐名望的科尼利亚博士。牵涉其中的有国家卫生研究院和看起来更像和克鲁特一伙的警卫。谁又能说他们不是各自为战呢？

我的麻烦剧增的这个想法让我战栗。而且另一个警卫看到我的反应，走了上来。他比较瘦，也留着胡子，但是肉更结实。"你有事吗？"他问。

有。没有。有。这样一个简单的问题，我却回答不了。我用力摇着头，回到门口。

"我没事，"我很小声地回答，"哈多克斯医生在哪里？我找他，因为我想用一下电话。"

留着络腮胡的警卫对他的伙伴挑了挑眉。这个关于电话的问题已经引起了他们的警觉。"我说了，现在是凌晨两点。他回家睡觉了。而且你必须得到他的许可才能打电话。"

"你确定不需要帮助？"他的伙伴问道，但好像他的"帮助"不会是我想要的东西。

"嗯，我没事。"我又说了一遍。

我转过身，往回走。

我走到走廊，上下打量那一排关着的门。我想去找凯尔西，但是我不知道她住在哪个房间。而且在追赶"国家卫生研究院医生"之后，再做大半夜敲大家门的事情，对我没有任何好处。

于是，我回到自己的房间，爬上床，侧身躺下。我蜷成一个C，尽量不去想任何事。但雅斯佩尔还是浮现在我的脑海。他真的没事吗？阿尔瓦雷斯医生真的和他的妈妈通话了吗？我内心深处还是觉得他没事。我相信自己的感觉。但要是有切实的证据，感觉上会好很多。

可能只有妈妈能说服我，一切都会好起来。而她已经不能再说服我任何事了。

所以我非但没有好受，而且辗转反侧。这么久了，我终于不盼着入睡，而只盼天快点儿亮。

　　"我是说，我对他有一种不好的感觉。"事发前几周，我上楼的时候听见妈妈说道。我以为她又在跟爸爸吵架，因为他们争吵的次数越来越多。

　　但是当我上到二楼，朝门里一看，看到的是一幅其乐融融的画面。爸爸在叠衣服，而妈妈盘腿坐在床上，被一堆照片环绕。她还没有接到新的任务，也就是说她一定是在做自己的私活。她总是想要揭露社会不公，而这些社会不公一个接一个，似乎没完没了。她在战区待了很久，所以特别痴迷军事和适当的监督。但是至今为止，她的课外活动（爸爸取笑那是"阴谋论"）没有一个引起轰动。她却因此更加执着。她厚实的黑色眼镜戴在鼻梁中间，挑选着照片，一张张检视，又一张张丢弃。

　　我在楼梯边坐下来，好奇地凑近他们的卧室门。我听到他们的声音并不是愤怒，但肯定是哪里不对。

　　"他加入了戒酒互助协会，"爸爸说，"人们起初不都有点夸张的成分吗？程序就是那样设计的。"爸爸笑了一下，"程序。你听出梗在哪里了吗？孩子们还说我不幽默。"

　　"不是戒酒互助协会那么简单，"妈妈说着抖了一下，"我告诉你，今天我都不想让凯西跟文斯走。我感觉他有点儿……精神错乱。"

　　"精神错乱？"爸爸又笑了。

　　"好吧，好吧，也许没有精神错乱那么严重，"妈妈说道，"但说真的，我都想打电话给卡伦。"

"结果没打，对吧？"爸爸紧张地问。妈妈和卡伦之间有一些矛盾。特别是妈妈认为参加"减肥夏令营"很不好，更不能让凯西去。她如实地将自己的想法告诉了卡伦。她们的关系一直僵到现在。

"没打，文斯什么样，她比谁都清楚，对吧？他从佛罗里达群岛回来之后，又不是第一次这样。"

"她肯定清楚，"爸爸说，"一切都是相对的，你明白吗？卡伦可能还觉得高兴，文斯不再是个愤怒的酒徒了。"

"你听说了吗？他还做了牧师，"妈妈说，"在网上。"

"有些事情比做了网上牧师更糟糕。"

"我知道，"妈妈平静地说，"我不是故意针对他。但我就是——他给我一种很不好的感觉。让我毛骨悚然。似乎在所有那些禅意之下，是他的愤怒。而且还是对我们的愤怒，本。为什么他会对我们愤怒？"

"不会的。别多想，"爸爸说，"听我说，文斯一直不爽。也许他觉得在他们离婚的事情上，我们偏向了卡伦那边。也确实如此。"

"我不知道，我还是觉得可能应该提醒卡伦，"妈妈说，"如果不提醒她，我们可能会后悔的。"

"那就后悔吧，"爸爸说，"我是觉得，凯西和威利现在都这样了，还是别雪上加霜了。"我打了个寒噤。我一直希望和凯西之间的矛盾都是我臆想出来的。我没想到这么严重，我爸妈都察觉了。

"嗯，凯西和威利的关系更加重要，"妈妈说，"反正就是一种感觉。我就是说说，我的预感又不会次次成真。"

"不好说，"爸爸说，"以我的经验，你的预感总会成真，迟早的事情。"

"威利，是我。"轻声耳语，很简短。

我醒了。但是很迷糊。我一定是睡死了。这是——我的嘴被捂住了。我几乎喘不上来气。我在黑暗中挣扎，感觉被一只手按住。肯德尔？我想错了，他最后又回来杀我了？

突然间，一双闪闪发光的眼睛向我逼近。

"别喊。"这是我熟悉的声音。我的心快跳出嗓子眼。

他抬起手时，我眯起眼睛。我想在黑暗中看得更清楚。我害怕会把自己特别想见到的那张脸错看成陌生人。

但是没有错，真的是他。千真万确。

"雅斯佩尔？"

13

"对不起。"雅斯佩尔轻声说着，在我不远处的病床坐下。我的眼睛已经适应了黑暗，看到了他若隐若现的轮廓。"我没想吓你。"

我伸出手来抓住他，不相信是他。

"你到底怎么了？"我问道，终于放开他。我有太多问题想问，"你还好吗？"

"嘘。要是被人发现我在这儿就惨了。咱俩都是。"

他站起来。我听到他沿着墙走动。当我床头板边的灯终于亮了，我以为会看到雅斯佩尔血肉模糊的样子。但即使是病房的灰色灯照着，他也比前一阵子气色好。

雅斯佩尔微笑着，举起脖子上挂着的吊牌，然后坐在我旁边的床上。那个吊牌是医院的工作证，上面写着保洁员。"不错吧？"他低头欣赏工作证，"我趁我妈睡觉的时候拿的，然后弄了一下。要不是忙着练冰球，也许我能成为伪造证件的专家。"然后他的笑容消失了，而我所能想到的全是以为他落水了的那种恐惧。现在我终于放心了。

"雅斯佩尔，桥上是怎么回事？"

"我想我们应该先说说现在是怎么回事。"

我想追问下去，让雅斯佩尔先解释清楚，但是我不知道他会说什么，不知道能不能应对。

"有个博士声称，异类这整件事是由某种疾病引起的，"我理性地陈述事实，"我的意思是，没人提起'异类'这个词，但言外之意是这个。我爸爸说这家伙在胡说。"

"嗯，看来有人相信了。"雅斯佩尔指着房间，"你爸爸肯定失算了。"

"是啊，"我说着，把不安吞了回去，"我在电话里跟他说了，但是那时他人在华盛顿特区。他已经在赶回来的路上了。"话说出口，我更难受了。更绝望。我在想要不要说得具体些——链球菌，"熊猫"，生物恐袭——可说这些没用。只有一件事我必须告诉雅斯佩尔。"肯德尔在这儿。"

"什么？在哪儿？"他跳起来，握紧拳头。看他脸上的表情，就好像一找到肯德尔，就要杀之而后快似的。这让我想起了我印象中的他。他也许还是那个男孩，但是发生了改变。他好像突然想起什么，拳头松开了。"等等，你确定是他吗？"

他不太相信。还不只是这个。他似乎在想，是不是我在当前压力下出现了幻觉。他怀疑得有理。自从肯德尔把我们留在木屋，他就像鬼魂一样不见了。塞内卡警察局承认局里确有此人。他们还承认，曾派此人去营地寻找我们失踪的朋友——虽然他们明确表示不知道我们也跟去了（这也是事实）。事实上，肯德尔是最近才被录用的，而不是昆汀所说或者所相信的一直居住在塞内卡。谁骗了谁还不清楚，但是不管肯德尔是谁，他把我们留在营地后就消失了。

直到现在。

"他装成国家卫生研究院的医生，但肯定是他没错。我离他很近，看得很清楚。我追上他，阻截了他。"

"你阻截了他？"雅斯佩尔好像很震惊。

"是啊，"我说，然后给他看折叠的字条，"他给我这个，让我离开这里，去纸上写的那个地址。"

"你显然应该离开这里。感谢上帝，肯德尔大老远来指出这一点。"雅斯佩尔接过字条，但眼睛还是盯着我。他摇摇头，看也没看，就把字条交还给我。"等等，你干吗给我这东西？他觉得你是有多蠢？"

"但是他为什么……"

雅斯佩尔举起一只手。"不，威利。我是认真的。谁要管他做什么、为什么？你得离开这里。这才是我们要做的。这就是为什么我来这里。把字条丢掉。"

"他感到内疚。"我说。我听起来好天真。不，不是天真，而是愚蠢。不过，我还是想解释。"他来这儿是想弥补，所以他给了我这张字条。"

雅斯佩尔的鼻孔放大："他对你说的？"

"没有。"我盯着他，"是我感觉到的。"

雅斯佩尔开始摇头。"威利，你疯了吗？"

疯。我猝不及防，被这个词戳中痛点。"好极了。"我小声地说。

"我不是说……威利，你懂我的意思。我是说听信肯德尔的话，太疯狂。不是说你……"

他没有说下去，而我盯着纸条，一言不发。雅斯佩尔的怀疑是有道理的。完全有道理。但这并不代表他是对的。我必须相信自己的直觉。这是我仅有的东西。不过我不想给他找麻烦，特别是他已经为我做了这么多。"这和你无关。我是说，我的事就不麻烦你了。"

现在看到他没事，我才发觉这几个小时就像在梦里发了一场高烧，我对他的担心全是夸张和夸大的，因为我害怕。雅斯佩尔和我是朋友，我在乎他，但是仅此而已。其他的只是我的困惑。

"你的事就不麻烦我了，哈？哇，太感谢了。这让一切都好了不少，"雅斯佩尔说道，他显然很受伤，但是他摇了摇头。"听着，肯德尔说得对，你应该离开这里。当我第一次去医院的主楼找你的时候，他们说翼楼没人。即使我告诉他们，我看到你被带到这里，他们还是不信。我想他们可能真的以为没人。无论如何，事态肯定很严重，以至于要隐藏得这么好。"

"你到底是怎么知道我在这儿的？"

"我一直跟着桥上的救护车。"

"所以你在桥上？"我问道，感觉恐惧和心安奇怪地混作一团。这让我对雅斯佩尔那些错误的、困惑的感觉又都涌了上来。我这次更用力地压了下去。

"是的。我在桥上。"雅斯佩尔皱着眉，点点头，看着地面。

"你想干吗？"我问他。

"我想，你懂的，休息。"

他居然可以说得这么漫不经心，让我很生气。

"这到底是什么意思？"我怒斥道，"等等，别……还是别说了，"我用手遮住脸，试着通过吞咽口水让喉咙不那么灼热，这样的对话无益于让那些错误的感觉待在它们该在的地方，"雅斯佩尔，你怎么会——"

"我不想让你难受或者什么。相信我，这——你就像我人生中唯一的好东西。"他不再说话，很快气氛变得尴尬。

"是凯西的日记？"我问道，但是我根本不想完整地说出这句话，它只会让这更加真实，"我在你的房间看到的。你看了日记肯定很难受，毕竟凯西已经——你觉得是谁寄给你的？"

"我不知道。可能是玛雅，"他回答说，"她说到过和卡伦一起清理凯西的房间。后来她就一直来找我，想聊聊我是多么沮丧。也许她希望我需要她。"

玛雅对雅斯佩尔的这种做法让我出离愤怒。她对我也做过类似的事情。

"太过分了，"我说道，"她太过分。"

"嗯。但也不全是因为日记。不只是营地里凯西的事，还有别的，很多事情混在了一起：我爸，我妈，未来，过去，现在。它们一股脑都涌过来，我感觉承受不了。"

"但是你想通了，"我说，"这一点很重要。"

他点点头，咧嘴笑了。"因为你。"

"别说了！"我没想到这次自己会呵斥他。但是拯救雅斯佩尔的不可能是我，一个已经一团糟的人。而且我已经把身边幸存的人害得不浅。"请别……"

而且这整段对话让我们更难维持本该是的朋友关系。我两眼紧闭。希望自己不要哭出来。

"我不是那个意思。"他说，虽然他就是那个意思。我能感觉到。"但是你出现在桥上，让我一下子清醒了。我本来在上面很纠结，我怕不能一了百了。或者桥不够高。"

"雅斯佩尔。"我轻声说。听他说得一本正经，我很震惊。

他和我四目相对了一会儿，我感觉到他很强的吸引力。

不，不管那是什么感觉——我不能跟随那个直觉。雅斯佩尔和我是朋友。做朋友比较好。

"反正，"雅斯佩尔继续说，"我沿着桥的一头走下来，看会怎么下落。当我回到桥上回想自己到底在干吗的时候，我看到他们把你放进一辆写着波士顿将军名字的救护车。你一动不动，好像没有了呼吸。"他回忆着，打了一个冷颤，"我开始跑，想要阻止他们。但是他们人太多了。所以我决定偷一辆小屁孩的自行车，跟在他们后面。"他盯着我的侧脸。我能感觉到，除非我抬头看他，否则他不会打住。所以我抬头看他。"刚骑上自行车，我就明白我没有想清楚。我根本没想。现在感觉就好像在那座桥上的是别人，好可怕。我都不敢相信是怎么了。我想我应该不会真的往下跳。只是一时冲动。现在冲动已经消失了。"

我点了点头。"千万别再冲动了，"我说，"我不能——"我的声音有些起伏，"就是——没有休息。谁都没有。"

　　"好。"雅斯佩尔答应说。我觉得他要伸手来碰我——也许一只手放在我的手臂上，给我一个拥抱。但是他没有这样做。我内心一部分希望他这样做，更聪明的一部分庆幸他没有这样做。

　　"你说我能跟你一起出去吗？"我问他。

　　他摇摇头说："这只是一个工作证，他们得打电话让我出去。"

　　"这里有一些安全出口，"我说，"我在公共休息室里看到了。那边还有一个报警器。你说如果我们拉响它，然后从疏散楼梯下去，行不行？他们不是得开着那些门吗？"

　　雅斯佩尔皱起眉头。"主意倒是不错，但是那个报警器会发现呀！不过医院肯定还有别的报警器，可能在那边。我去找报警器，你去主房间外的安全出口，从那儿出去。就算我被人发现了也没有关系，我有工作证。而你得悄无声息地出去。"

　　其他的女孩。异类、爸爸、昆汀那些人，我什么都还没有告诉她们。我确定她们有危险，我还没有提醒她们。在她们毫无防范的情况下，我怎么能一走了之呢？

　　"我不能走。"我说。

　　"你刚才不是问——"

　　"我知道。我知道，"我说，"我确实想出去。但是其他人——她们还不知道自己是异类意味着多大的麻烦。"

　　"那我们可以先出去，然后让你爸爸回来告诉她们。"雅斯佩尔说道。他很恼火，我能感觉到。也许他生气是应该的。毕竟他费了这么大劲儿才进到这里，现在我却拒绝离开。或者，也许是因为他在乎我。"不一定要由你留下来做这些，威利。"

也许我之所以过分觉得对这些女孩负有责任，是因为在凯西身上发生过不幸。但无论如何，这种感觉真实而正确。

"不，必须是我。"我轻声说。

"威利，你和我都清楚，你待在这里不走，事情最后会变得多糟糕。凯西的结局你忘了吗？"雅斯佩尔说到她的名字，声音起伏，他低下头，"听着，我知道你关心她们。"他顿了一下，把手放进口袋，目光转开了，"但是我只关心你。"

他现在很困惑。就像我之前以为他出事的时候。一旦这狗屁的事过去，世界安静了，雅斯佩尔就会意识到——而我已经知道——没有我，他会更好。

"不只是因为她们是我的朋友或者什么，"我尽力把对话转回正题，而避开我俩。雅斯佩尔以后会感谢我的。"我本来有机会告诉她们每一个人关于异类的事。我没有说，因为我担心她们，更因为我担心自己。我必须留下来提醒她们，然后我就走。"

雅斯佩尔盯着地面。最后他点了点头。他还没来得及说话，大厅里就传来了一些声响。

"你快走，别让人看见你在这儿。"我说。

"好。"雅斯佩尔说。但他好像一点也不觉得好。他好像很伤心。我感觉那就是我说对了的最好证明。如果我们保持单纯的朋友关系，对他来说会更好。对我来说也是。

"你能帮我个忙吗？"我问他。

"你尽管说。"

"去我家一趟，看看我爸，他怎么还没来，早应该到了。"

"好的，没问题。"雅斯佩尔说道，很高兴有事要做。

大厅里又传来一些声响，好像是一扇门打开和关闭的声音。雅斯佩尔站着。

"还有，这个你能拿着吗？"我把凯尔西的《1984 年》交给他，"好好保管。"

他怀疑地看了看说："这个？"

"里面有一些注释很重要。"我说。凯尔西可能会怪我把书给了别人。但是我这样做是为了妥善保管。

"OK，但是有一个条件。"他说。

"什么？"我问道。这让我想起去找雅斯佩尔前的那晚我和他的通话。

"你答应我，别有事。"

"我答应你。"我微笑。无论我说什么，都不会比雅斯佩尔对我说的更真实。现在有没有事不由我俩说了算。

"尽快出来，"雅斯佩尔对我说，"因为我会等你。"

14

　　我被走廊里的巨大咳嗽声吵醒了。是雅斯佩尔吗？我的心跳加速，赶紧下了床，去开门。但是我只看见贝卡和拉蒙娜在门外，在我对面的大厅里大笑。

　　"威利，你一定要听听这屁话。"贝卡说着朝我走来，并向拉蒙娜挥挥手，示意她跟上。我看到走廊上的时间显示：早上 7:30。安全度过一晚，这让我松了一口气。贝卡对着大厅上看下看，确保不会被人偷听。她靠近我说："那个混蛋警卫说，如果我和他做爱，他就放我走。"

　　"什么样的白痴会那样直说啊？"拉蒙娜接着说。她连着拨了两下自己的手镯。

　　贝卡说："男人太蠢了。"

　　"真是个混蛋！"拉蒙娜又加了一句，然后看向我，就好像想起了什么，"嘿，等等，说起混蛋，你昨天追那个人到底是想干吗？好赞。我是说真的。像疯了一样。"

"是啊，像神经病。"贝卡说。

她们都看着我，好像在等我解释昨天为什么会爆发。

"我不相信他说的话。"我耸了耸肩，"我希望他能说真话，告诉我们为什么把我们关在这里。"

"我没别的意思啊，"拉蒙娜说着，手臂交叉抱在胸前，似乎更怀疑了，"但这应该是你第二次被他们扎针了吧？"

"是啊，他们把你带进来的时候，你不是也反抗了吗？"贝卡问。这不是在称赞我，恰恰相反。"我听说你把急救医生都打了。"

她们和我不是同一战线，至少未必和我同一战线。疯狂和疯狂之间还有区别，我可能把自己丢到了错误的那边。

"呼吁'让我们走'是一码事，"拉蒙娜说，"攻击人是另一码事。"

她们并不信任我。所以现在告诉她们异类身份、爸爸的研究等等，似乎不是最佳的时机。但是我别无选择。我所能做的就只有等。

但是，当我向前走到走廊时，我的脚踢到了地板上的什么东西。

"那是什么？"贝卡问，指着我门口一团白色的东西。

我蹲下身来看。那是医院发给我们的扎人的毛巾中的一条。当我把手放在上面，我感觉里面有硬物。我五指张开，也没有那东西大。我想知道它是什么，我没有拆掉毛巾，就按了下去。一种很不祥的预感袭来。

"你为什么不看啊？"贝卡问了一个完全合理的问题。一个我回答不了的问题。

"我——"

相反，我捧起毛巾，冲回房间，关上了门。我能听到拉蒙娜和贝卡在门外耳语了一阵子。听起来她们在争论应该由谁跟上——"你去"，"不，你去"交替着。最后，她们都放弃了。不久，她们的声音消失了。

我走到床边，放下那个毛巾包裹着的神秘的东西，耳朵嗡嗡作响。我就像魔术表演的最后惯例那样呼了一口气，然后扯掉毛巾。我想赶紧闭上眼睛。但是已经来不及了。我已经看到那是什么东西：一个塑料娃娃，涂成了红色。

我的心快跳出嗓子眼。一个塑料娃娃，我家门廊上出现过的那种？在这个时候？在这里？

是谁放的？我荒唐地觉得是坟墓里的昆汀在折磨我。我又想到是雅斯佩尔变态的背叛行为。我精神恍惚，不停瞎想。

等等。不，我不能这样。一定是他们有意为之——无论他们是谁。他们这么做，就是想让我疑神疑鬼，让我神经分叉。但是我不会去罗列嫌疑犯。我不会去刨根问底。再也不会了。发生了这么多的事情，我不会再这样。他们想让我害怕，想打乱我的计划。这一次，我不会让他们得逞。我会让他们看见，我不害怕，我不会躲。再也不会。

我穿上人字拖，用一条胳膊夹住娃娃，打开房门。我走入长长的走廊，直奔公共休息室。我脚跟用力砸地，一步比一步响。梆，梆，梆。直到脚疼了，我高兴了。

去死吧。去死吧。去死吧。我心中默念。你不会让我感觉更糟。你不会让我更害怕。你不会让我想躲，或者怀疑自己。我不管你是谁。我不管你是什么目的。因为我决定。我选择我的感受。

我脸发烫地到了公共休息室，警卫们吃惊地看过来。狼在那里。如果我再靠近一点——我大概可以感觉到他对我的可怕想法，我想象他的手掐着我的脖子。但是我很高兴看见他在。我希望他看到，我不再怕他了。

我的目光从警卫身上移开。我看到拉蒙娜和贝卡并排站在房间的后面。凯尔西也在，她趟在沙发上，手里有一本书。所有的女孩都在房间里。都在看我。从她们看我的眼神，很难再相信我们有任何联系了。

贝卡和拉蒙娜都摇了一下头，张开嘴，感到震惊。仿佛在说：别。别这样做。不管你在想什么。哈多克斯医生在后面和伊莉斯说话，他看起来很担心。也许，他将不得不再次采取行动来阻止我。

他们一直在看我，而我终于停在房间的中心，将塑料娃娃高高举过头顶。尽管他们在看我。尽管他们不满。我内心的阀门就这样打开，倾泻而出的只有愤怒。

"谁给我放的这个，去死吧！"我尖叫。那么大声，感觉喉咙都在燃烧。我又环顾四周，在头顶摇晃娃娃。"让我知道你是谁，我会让你后悔不已。我保证！"

凯西。我体会到了她的感受。几个月前，她为了我爬上那个陌生人的车顶。当时，我只想体会那种愤怒。我相信它会吞噬我的恐惧。而我想的没错：我不再害怕，但是我没有考虑要付出的代价。

因为当我环顾四周，看到那些吃惊的眼睛时，我感觉不到强大。我感觉掉入了陷阱。就好像放娃娃的人就在等着这一幕：看来我终于失败了。现在无论我说什么，她们都不会信了——不管是异类，还是其他。

于是，我走向旁边的一个高大的垃圾桶，把娃娃扔了进去。我很用力，差点以为砸坏了垃圾桶。但是桶盖只是转啊转，最终停了下来。

我看着旋转的桶盖，而这个时候，地板上传来细微的声音。我循声看去，原来是特蕾莎，她抱膝在胸前，颤抖着。

"你还好吗？"我问她，我感到一阵内疚，"我伤到你了吗？我不是故意的——我没有看到你。"

特蕾莎抬起头，脸涨得通红，挂着泪痕。她看起来像是已经哭了一阵子。

"你能帮我离开这里吗？"她乞求说。

"唔，我不知道怎么——"

"我的意思是离开这里——回我的房间。我不想让大家看到我哭成这样。"

而事实上，我也不想让她们再盯着我。把娃娃扔进垃圾桶是我愤怒的终结。但是没有了愤怒，我不再无敌。我不知道我能否一直那么强大。

"好，好，"我说，"我们走。"

特蕾莎的房间在大厅的尽头。因为有两个窗户，所以比我的房间明亮。外面的天空特别蓝，光芒四射。要不是刚才抓娃娃的手还在抖动，天气的晴朗几乎可以让我忘记娃娃的事情。

"谢谢你帮我。"特蕾莎对我说。她现在平和得奇怪，就和她之前的兴奋或者哭泣一样令人不安。我现在发觉，特蕾莎的情绪似乎没有一个说得通。这就是为什么我会觉得诡异。

"别客气，"我说，"发生了什么事？我的意思是，你刚才怎么那么难过？"

"我和我的牧师通了电话。"

她能打电话给她的牧师？我思考着，但尽量不让思绪跑偏。

"他把你说哭了？"

她摇摇头。"他不是那种牧师，这也是为什么我开始参加会面，而不是去我奶奶的教会。他更加激进。但是，我犯了很多错误。有些罪过不能弥补。"

这种悲伤是真实的，而且第一次这么清晰。悲伤如此深刻，让我的胸口生疼。

"什么罪过？"我问道。在听过她奶奶折寿六分钟的规则之后，总感觉她的话有夸张的成分。

"男孩。大多数我甚至都不认识。"她看着我，而我在竭力控制不要抽搐。性爱？我没有想到。但这能解释她的一些跳跃、混乱的感觉。也许她深藏了一些秘密，秘密终于揭开，就像烟花一样四射。"有一次，我甚至搭便车到了一个休息站，让一个老头付钱给我。我都不知道是为什么。"她深吸一口气，当她呼气的时候，整个身体瘫软在那儿。"我一直感觉很糟糕，在那之前就这样。做可怕的事情，只是给了我一些憎恨自己的理由。"

"人们都会犯错误。"我突然说出几周前雅斯佩尔对我说的话。但是我需要再说一些。说她们都需要知道的事情，但现在尤其应该告诉特蕾莎。"还有，我想我们在这里的所有人可能对别人的感觉更加敏感。我爸爸做了研究。就是说，可能是这个原因导致你一直感觉很糟糕。"

我等待着她的问题。更加敏感是什么意思？什么研究？但是她对我微笑时，我又一次感觉到平和。然后是同情——对我的同情。就好像我比她更加可怜。这让我非常难受。特蕾莎起身摘掉了她的项链。

"拿着。作为你对我很好的感谢。"她递过来一条细细的链子，上面有一个金色的小十字架，"这是我奶奶给我的，她说会保护我免受一切邪恶，即便那邪恶就在我自己心里。"我看着那条链子，并不想接过来。一点也不想，虽然我也说不清是为什么。

"你应该自己留着，"我说道，我挤出一个微笑，"你奶奶给你的，肯定有特殊的含义。"

"真没有。"特蕾莎走近我，已经握着项链的两头，准备给我戴上，"现在你比我更需要它。"我强忍着没有阻止她。于是，她把那条细细的链子戴在了我的喉咙上，然后后仰身子，想看看效果如何。"完美。"她说。

"谢谢，"我说，"而且，我不会担心你过去做的事情和你的感觉。我认为咱俩都没病，不是他们说的那样。"说完这些话，我松了一口气。毕竟听起来不是那么疯狂。甚至很简单。其他女孩也会相信我。她们必须相信我。"反正我觉得，不了解自己，有时候会让你感觉更糟糕。"

"这话我的心理医生说过。也许原话不是这样说的，但是她让我意识到了这一点。"

"啊，这种方式我很熟悉。"我微笑，因为事实如此。有这样的共同点真好。"我的心理医生也会这招，我每次都中她的计。通常来说，她是对的。"

特蕾莎居然露出了一丝笑容。"她漂亮吗？"特蕾莎问道，"有时候我感觉，就是因为她漂亮，我才会中她的计。因为我的心理医生坐在她的大红椅子上，活脱脱一个完美的瓷娃娃。"

15

走廊里，我靠着墙壁，一只手按着胸口，想抑制剧烈的心跳。谢巴德医生是特蕾莎的心理医生？这是否意味着她也是其他人的心理医生？是因为这个把我们联系在一起的？但这并没有解释其他的事情：比如我们大家恰巧都是异类。无论真相如何，我都不相信谢巴德医生有意把我——或者我们——锁起来。不可能。

不过还是那句话，要是我有证据，感觉上会好很多。

当我回到公共休息室，感觉所有人又开始看我——警卫们，还有除了特蕾莎以外的所有女孩。所幸没有看到哈多克斯医生。少一个人看到我的不自在。而且每个人都左右移动过了，现在心事重重。凯尔西躺在沙发上，手捧着《华氏451度》。我穿过房间走向她，试图无视狼牢牢盯住我的目光。

"嘿。"我对凯尔西说。我不知道该从哪里说起。

她抬起头，对我挑挑眉。"你真的知道怎么保持低调吗？"我试着去读这句话是冒犯还是玩笑。但是再次被砖墙挡住。至少现在我知道：她在阻止我读她。

"或许吧。"我与娃娃那出闹剧，太难一句话解释清楚，"听我说，这里很危险。"

她眼睛一直盯着书本。"为什么这么说？因为警卫，医生，还是埃博拉医院？"

"我认为我们大家应该离开这里。"我说，"现在就走。"

"可以。没问题。"凯尔西的声音听不出任何情绪，然后，她用拇指指向警卫，但是没有看他们，"你上次往外跑，成功了吗？"

"我爸爸是一位科学家，他发现你我都有读出别人感受的能力。你的书？《1984年》？"

"我听不懂你在说什么，"凯尔西说，当她终于看向我的时候，她的墙更高、更严实了，"我读不出任何东西。"

好吧，她显然不想谈这些东西。我还可以说别的。

"听我说，我以前有过这样的经历。我们不应该等。事态可能会急转直下。我们应该做一些计划。我们得告诉其他女孩现在有危险，快走。因为我们真的有危险。"我更靠近凯尔西。警卫们还看着我，这可能会被发现。但是我别无选择。"我想我们应该设法引开他们。比如用火灾报警器。然后我们趁机逃走。"

"就算我知道你在说什么，"——凯尔西转过头去看向报警器，然后向安全出口的方向扫视一眼，"你的计划听起来注定失败。此外，我可以肯定地告诉你，这些女孩，"——她指着房间后面的贝卡和拉蒙娜，她俩还盯着我们，窃窃私语着——"不会跟你走的。她们认为你疯了。"

"嗯，我知道，"我说，"但是她们会听你的。"

"那我为什么要跟她们说？"她摇摇头，"你知道你的问题出在哪儿吗？"这一次，她看着我，不再阻挡情绪。她想让我知道，她接下来说的话是认真的。她的手指顺着自己的文身滑下，然后指向我。"你总在担心别人。咱俩应该先走，然后找人来救她们。这样对我们来说更好。对她们也是。"

说完，凯尔西的墙又出现了。她似乎想向我展示，她控制得有多好，开合自如。又好像想提醒我，我们——她和我——和她们——其余的女孩——是有区别的。我们可能都是异类，但这并不意味着我们是一样的。

"听我说，"凯尔西轻声说道，"我只是想小心行事。我想你我可以——我想咱俩可以互相协助，以及帮助别人。"她从沙发上起身。

"你要去哪里？"我问道。我听起来——而且感觉上——很恐慌。

"唔，去厕所，"她转了转眼珠，"听我说，你放轻松。我会回来的。我们可以想一个计划出来。"

凯尔西走后，我望向贝卡和拉蒙娜，但她们马上扭头。也不怪她们，毕竟我们才认识了 24 个小时。因乱而生的忠诚也就只有这么多。

我应该早点告诉她们爸爸的研究，营地和凯西的遭遇，以及我们都是异类。我做了那么多古怪的举动之后才说,她们将会觉得异类是我编出来的鬼话。

不过,我别无选择,只好硬着头皮试试。而且现在正是时机,凯尔西不在。她不希望我吭声,而我不想惹她生气。但我不可能不知会其他人就离开。说我们会派人来救她们是很好,但是我不会代其他女孩做选择。我不会把她们留在这里等待。不管凯尔西是怎么想的。

"嗨。"我又一次站在贝卡和拉蒙娜面前,对她们尴尬地招手。

"嗨。"拉蒙娜说。她看向我,然后又看向地面。贝卡则不说话。她盯着房间,像是在测量战场的边距。

我在一个坑里,我一定要爬出去。从真相开始,永远不会错。

"我们家门口也出现过塑料娃娃,"我开始说,"毛巾包裹的那种娃娃。有人把娃娃放在我家门口。我们之前以为是有人想骚扰我妈妈,因为她是一名新闻摄影师,总有人给她发仇恨邮件。"拉蒙娜抬头看我,但是贝卡没有,"现在我认为那些人针对的其实是我爸爸,他是一位科学家,那些人不喜欢他的研究。"

"研究什么?"贝卡怀疑地问。

"等等,我知道了。"拉蒙娜打了一个响指,就好像突然明白了什么,"干细胞!"

"不,他一直在研究的是——"

突然,公共休息室响起了尖锐的声音,把我们都吓了一跳。停了片刻,然后又响起来。我环顾四周,心跳加速。声音太刺耳了,人们只得用手捂住耳朵。就连警卫也莫名其妙。直到看见角落里闪烁的灯，我才意识到是火灾报警器响了。

难道凯尔西决定先走，并弄响了它？也许发生了什么事情，也许她发现等不及了？我别无选择，现在只能告诉贝卡和拉蒙娜这个计划，而且动作要快。

"我想可能——"

但是当我转过身的时候，她俩已经——像其他人一样——跑向警卫和紧急出口。我们的逃跑路线不是那样的。我们甚至还没有细化方案。而且这太明显了。狼已经站在出口处，挡住了女孩们的去路。混乱中，根本无法从他眼皮底下溜走。可能性为零。

"我们得出去！"门边一个女孩大喊，"我们不能待在这里。"

我难道真的闻到了烟味？可能是幻觉，因为我现在火急火燎。

"冷静！这只是演习！"狼冲那个女孩喊道，并叫唤他的伙伴，"没有接到命令，我不可能放任何人出去。"

我们是老鼠。被困在笼子里。现在出去。肯德尔说得对。我们得出去。

哈多克斯医生走进了公共休息室，他的背后——也就是我们房间的方向——飘来浓烟，现在明确无误了。不是虚惊一场。不是我想的那样。肯定是哪里起火了。凯尔西说她去上厕所，是不是就去干这个了？她是不是点燃了一个垃圾筒？但是她为什么不提醒我？除非没有时间。也许发生了什么事情。

"我们遇到麻烦了。"哈多克斯医生冲警卫挥手，"带她们出去，让消防员来把火灭了。"

"出去？出大楼吗？"狼喊道，"会更难控制她们。我们可负不了责任，万一……"

"那就不出大楼！"哈多克斯医生也喊道，然后揉揉额头，试图冷静下来，"她们不能待在这里。这里不安全。带她们下楼，但别出大楼。这样她们至少可以不在这儿吸浓烟。我去去就来。"

然后哈多克斯医生消失在来时的路。他去应对紧急情况了。

"好了！"狼冲我们大吼，好像这是我们的错。

"快，快。这边走。我们就待在楼梯间里，下面有好几架飞机。应该能防火。"

"我殿后！"他的伙伴喊道。

刺耳的警笛一直还在响。它让我的神经非常紧张。在这种情况下，脑子能用都很难，更别说想出一个计划了。

"好了，走吧！跟我下去！"狼咆哮道，就像一个教官。但是他现在也很紧张。即使周围有很多人，我也能感觉到。如果我们越界，他会采取必要的措施阻止我们，而且在所不惜。"都不许离开大楼。跟在我后面！"

我们一字排好队，贝卡和拉蒙娜站得比较靠前。这么远，我没法告诉她俩这是计划的一部分。唉，就算说了又怎样呢？我们又逃不出狼的手掌心。我知道他为了证明这一点，杀死我们中任何一个都有可能。更何况：凯尔西在哪里？还有特蕾莎？如果是凯尔西放的火，万一被人发现她不在，就麻烦了。但是她放火之后会不会被困在浓烟里出不来？我要确保她没有事。

我转向另一个警卫，殿后的那个。没那么混蛋的那个。

"我想后面可能还有人，"我告诉他。我不想明说是凯尔西——万一是她放的火。但这样说还不够，如果她真的需要人帮助。"可能还有两个女孩。特蕾莎和凯尔西。得派人去看看。"

"什么？"他问我，还在鼓励我往前走，让我出门，下到楼梯间。

"至少有两个女孩不见了！"我喊道，"她们可能还困在里面。"

"好吧，"警卫说着，回头张望，"你跟上其他人。我回去看看。"

我屏住呼吸，看着他消失在我的视野里。这时候已经没有人看着我。其他女孩都在下楼。我继续跟着她们，慢慢地，穿过一扇扇门，进入凉爽的混凝土楼梯间。突然之间，该怎么做变得清晰了：上去。

似曾相识，让我震惊。几周之前，当克鲁特警官出现在我家门口时，我做了同样的事：跑。没有成功。也许这一次才会成功。

要快。要悄悄的。在所有人转身之前。在任何一个女孩注意到我，或者想问——哪怕根本没有恶意——"什么？"或者"为什么？"或者"你要去哪里？"之前。众人下楼梯的脚步声仍然很吵，没人能听出我在逆行。我头也不回地冲上台阶，三步并作两步，气喘吁吁。然后狼的声音传来——

"你在后面看着她们吗？"他对伙伴喊道。

我不敢动了，心跳加速。

"我想他不得已去找不见的人了。"其中一个女孩仁慈地回了话。我以为狼会亲自来看是怎么回事，引发骚动。然后发现我想逃跑。但是我想错了。

狼只是说："好吧，走！别停下！保持队形。"

于是我跑得更快。沿着墙往上跑的时候，我还是觉得下面的警卫会来抓我。因为某个女孩发现我不见了，说了什么，哪怕只是随口一说。但是，没有人来。只有我，气喘吁吁地爬楼梯。

但是，通向楼上的门是锁着的。我开始怀疑自己这个计划行不通。我要是不能上到更高的楼层，肯定会被他们抓住的。而且我很肯定结果会很惨，尤其是万一被狼先抓住。

这意味着，我必须成功。必须要有一个出口。

我往上跑了三层楼，门都是锁着的。但是至少没有人来抓我，至少头顶没有浓烟密布。没有什么阻止我继续爬楼，直到我上到最后一扇门——楼梯的顶部，通向屋顶的那扇门。当我去推那个金属制成的门把手时，我屏住呼吸。我怕它也被锁了，像其他那些门一样。

但是，门开了。我站在那里，倒吸了一口气。我逃出来了，感受到了阳光和新鲜空气。我重获自由了。

或者说那只是一瞬间的感觉。因为被困在六层楼高的屋顶上，和逃出来并不一样。

这个认识突然让原本在屋顶的惬意——温暖而充足的阳光，大朵慢慢飘过浓密翠绿的树木的白云——变得可怕。让大型空调机组的嗡嗡声变得危险。不过，我非常庆幸远离了刺耳的警笛声和令人揪心的浓烟味。至少在这里我可以呼吸。即便自由更多是幻觉。而且我还是相信一定能想到办法。我来这里是有原因的。我相信我的直觉没有错。

我用背抵着门站着，这时候，我听到消防车到了的声音。我提醒自己，即便如此，也不代表真的着火了。可能是凯尔西点燃了什么，扔到垃圾桶里。冒出足够多的烟，她好趁机狂奔到另一个安全出口。

我一步一步地向前挪动，凑近去看来的那些车。首先是一辆卡车，然后又来了两辆，然后是消防部门的一辆红白两色的 SUV 和一辆救护车，这似乎有点过了，因为我们本来就在一家医院。但是消防员肯定是严肃认真的。他们从卡车上一跃而下，全副武装。

我会不会真的被困在一座起火的大楼的屋顶？我很清楚，这是发生火灾时最不该在的地方。继凯西和妈妈之后，这次是不是轮到我了？

我不寒而栗地往回走，努力克制自己的猜想。我尝试将注意力放在更可能发生的事上：我被抓住。我需要一个好的藏身之处。最后，我看到一个不错的地方，在最远处的两个通风机之间。这样一来，既能看到来人，又有足够的空间逃跑，还躲开了空调机的轰鸣声。我不知道大脑还能在这样的噪音下工作多久。

我计划在屋顶等待。不是因为这办法好，而是因为我只能想到这一个办法。消防员的第一要务是灭火。之后，所有的女孩会被带上楼，带回公共休息室，然后他们会查看有没有缺人，那时他们才会发现我不见了。公共休息室有一扇窗户，很狭窄。我将有几分钟的时间，可能五到十分钟，从屋顶下来，然后出门。

我只能寄希望于凯尔西已经出去。如果她没有，我就得回去救所有我没提醒到的女孩。那时我会把她一起救出来。

等消防员一撤离，我就知道是时候下去了——而在此期间，我所能做的就是等待。要是阳光直射下的黑色柏油屋顶不那么吸热，倒还好。但是才几分钟，我已经感觉皮肤从温暖变成灼热。而且我太渴了。我已经不记得最后一次喝水是什么时候。

时间过得很慢。感觉度日如年。也许真的没过多久。一切都感觉那么混乱和困惑。我尽量去想一些凉爽的东西。凉爽的、让人快乐的东西。

于是，一个寒冷的、让人快乐的地方浮现在我的脑海：火山口湖。

妈妈去世之前，带我去的最后一次远行就是俄勒冈州的火山口湖，那是我们去过的最远的地方。

那是 8 月下旬，开学前一周。那个时候，凯西已经从减肥夏令营回来两周，身材大变，穿着更时尚，对我说的一切丧失兴趣。我没有察觉凯西的情绪变化，但是妈妈善解人意。这就是为什么她建议就我们母女俩去远行。

"我想这次咱们应该跑远点儿，"妈妈对我说，"去西北海岸。我们可以在雷尼尔山附近徒步，然后开车到俄勒冈海岸。我的旅行取消了，所以我有一整周的时间空出来。"虽然我知道旅行取消她有点失望。这次旅行本来是她的私活之一。一个不愿透露身份的人说愿意带她参观一个违规建造的研究设施（在我听来很是粗略），可以让她拍照，揭示谁知道什么。我想她确实做了一些准备。但是后来这个人消失了，联系不上，也不回电话。于是她的时间就空出来了。

"去吧，就咱俩，会很有趣的。"

火山口湖是我们回家前的最后一站。而且那儿并不像妈妈说的那么美：冷杉树茂盛而高大，蓝天与碧水相接，实景与倒影交相辉映。

直到我们翻过许多的陡坡，到了水边，妈妈才提出游泳的想法。

"游泳？"我问道，因为我认为她一定是在开玩笑。这是美国最深的湖泊，多年来"引入"了六种鱼。谁引入的？我也很想知道。我还在指南上读到，湖水的温度最低可至零下38度。"你不能下去游泳。"

我说的不能，是指任何一个头脑清楚的人绝不会那样做。而且即使是在温水池，我也不善游泳。

"当然要游啊，"妈妈说着，走向一个伸向湖泊的短码头，一个她盯了很久的码头，"大老远跑来了，至少要下去游一下。"

我已经听懂她的意思，"游一下"实际上是"游很久"。她看起来还很兴奋。而且其实已经有几个疯子在码头上。他们嚷嚷着"呃，好冷！""好爽！"并没有刺骨难耐，也没有生命危险。但听起来也没有吸引力。

"我不游。"我跟在她的身后，小声但坚定地说。我是认真的。多年以来，我一直跟着妈妈冒这些险。她让我做什么，我就做什么。我爬过高山，露过营，受过冻，吓破胆。我已经受够了。没错，这些经历磨炼了我的意志，我心怀感激，但是它们并没有改变我。我并没有变好。而且我已经不是小孩了。我有选择做或不做的权利。

145

"如果我们从这边游到那个角落，估计要游 800 多米。然后我们可以在那边休息，然后再回来。"显然，妈妈事先都研究好了。比如，她绘制了一张湖泊的地图。然后，她从口袋里掏出一个压扁的橙色小袋子。她往里面吹气，一分钟不到，就吹好了。"如果遇到紧急情况，我们有这个救生圈，所以你"——她对我眨眨眼——"不用担心。很安全的。"

她听起来那么有把握，看起来那么高兴。我知道，这一刻，就是我们这段旅途的高潮。这一刻，她折翼的宝贝小鸟，终于要真的起飞。

我本应该觉得感动，甚至应该感谢她。但是我突然觉得非常愤怒。

"我不下去游。"我又说了一次。

"哎呀，好了，游吧。"她曾经无数次这样对我挥手。她已经脱掉了套在泳衣外面的衣服，把它们叠好放在码头上。"你今年夏天可是游了 1 英里呢。我们中途可以稍作休息。你一定能够游到对岸再游回来。没问题的。"

我感觉到外衣下面的泳衣，那是早上妈妈建议我穿的，当时我并没有多想。"以防万一。"她说道，就好像要防备发生需要游泳的紧急情况。

"不，"我交叉手臂，"我不游。"

"威利，来吧，你知道——"

"不！"我喊道，心跳特别快，"我不必为了证明自己而做任何事情。其他人可以选择做或不做。为什么我不能？"

她的嘴张开，就像想说什么。但她只是吸了一口气。而且她歪着脑袋，好像在专心思考什么事情。最后，她点了点头。"好吧。"她平静地说。

我成功了，对吧？我想让她放弃。那她现在放弃了，我为什么这么难受？

"好吧？"

"你说得对，"她说道，"勇敢有很多表现。其中包括客观地认识自己。我只是希望，驱使你的一直是你的意愿，而不是恐惧。"她又吸了一口气，"好吗？"

我感到一阵局促。我不想在湖里游泳。她想让我游，这让我非常反感。但是我不游，并不是一个随意的、个人喜好式的决定。这根本不是一个选择。

"你是不是失望了？"我问她。

她走上前，拥抱我。"我不能更骄傲，威利。我一直为你骄傲。"

我站在那个码头上，看着她跃入冰冷的水中，从岸边游走。而且我相信她为我骄傲。问题是，我不为自己骄傲。

她游了十几下之后，我脱下衣服，深吸一口气，也跃入水中，跟在她的后面。

回忆火山口湖的冷水让我冷静了下来，但是只有片刻，我很快又燥热起来。当我再也受不了的时候，我听到楼下传来声音。

我站起来，又走到屋顶边。果然，下面的消防员正在往他们的卡车上爬，疲劳，但是胜利了。

我得走了。现在就走。火已经扑灭，紧急情况消除。而且我没有看到有谁撤离。这说明，他们已经回公共休息室去了。随时可能清点人数。他们很快就会发现有人不见了。然后他们就会去寻找。

16

　　我飞奔而下三层楼，突然听见这一层有声音传来，于是放慢了脚步。一名警卫正在向女孩们大喊。我听到一些内容。"找一间房间""递一下物品"。女孩们嘟囔着，抱怨着。"特蕾莎？"有人问。然后有人回答。我听不清她们在说什么，但感觉不是凯尔西的声音。我希望这说明她已经设法逃了出去。

　　我悄悄地穿过所在楼层，以最快的速度跑下楼，快到有几次被我愚蠢的拖鞋绊倒。但是我不敢放慢速度。

　　没有人阻止我，没有人在喊。很快，我就到了楼梯底部。就在出口门前。当我看到安全出口的标志时，我握着门把手的手开始颤抖。报警器会响起。等报警器停的时候，他们会准确知道我在哪里。他们会来抓我。而我在光天化日之下，不好逃脱。不过，我别无选择。我又深呼一口气，然后推开门。

不过没有报警声，至少我没有听到。我不再去想任何事，开始狂奔。

车道比从屋顶上看要长得多。越是长，我越想跑快。很快我上气不接下气，两腿发软。但是我的视线盯着城市上空的天际线。只有我，喘着粗气，以及我前面的高大建筑。我需要到那儿去，到波士顿的人群中去，消失在那里。

终于，我能看见医院车道的尽头了。一个停车标志，然后是一条构成 T 字路的主路——每个方向有三个车道，很宽。路对面是一座办公楼，旁边有一些砖砌的历史遗址，在右手边有一家三明治店，里面有一些人。我最好的机会来了。我身上没有现金，没有身份证，也没有手机，所以只能寄希望于在那里用餐的人能可怜我。但是，我需要编一个好故事。一个可信的故事，不涉及政府检疫，也不提任何一个想抓我的人。

我脚刚踏上马路，就听见一声尖厉的刹车声。我以为会被车撞倒，但是没有。声音停了。当我睁开眼睛时，我看到的只有红色的金属。

车门开了。"快上来！"雅斯佩尔喊道，挥手让我上他哥哥的吉普车。

我急忙跳了上去。我连车门都还没有关上，他就猛踩了一脚油门。

"趴低点，别让人看见。"

我猫着身子，头藏在窗户下面，膝盖跪在地上。车继续前行。

"有人在我们后面吗？"我问道，气喘吁吁，满心感激。

雅斯佩尔紧张地看了看后视镜："应该没有。我没有看到。"

他目不转睛地看着前方的道路。就好像他计划以最快的速度狂飙。突然之间，一阵恐慌朝我袭来。

"我们得回去。"我说。

"回去？不可能，现在可不行。"雅斯佩尔摇摇头，"我知道你想帮助其他女孩。但是要'回去'，你得先离开。"

"有一个女孩，叫凯尔西，她帮我离开的。"我说道，并没有提那场可能由她引发的火灾，"我想她应该会跟着我出来。"

"你想？"雅斯佩尔问道，他吸了口气，"回去有很大的风险。"

我靠在座椅上。

"就去看一眼。确定一下。我不希望她因为等我而被抓住。"

"当真？"雅斯佩尔低语。他已经知道自己会听我的——只是难以置信。

"当真。"我看着他的侧脸，回答道，"谢谢你决定回去，也谢谢你救我。"

雅斯佩尔深吸一口气，摇了摇头，同时打开了转向灯。"看一眼就走。"

我们选择把车停在医院对面的空地，这里离医院有一段距离。看得见埃博拉翼楼，又不会暴露自己。雅斯佩尔没有关发动机。

"她长什么样子？"他问道。

"她比我矮，黑色长发，带卷儿。穿着一身灰色的运动服。"我拉拉自己身上的衣服，"像这个一样。"

"OK。"雅斯佩尔盯着医院旁边说，"你觉得她会在这露天的地方晃悠？"

"希望不会，但是我想确定一下。"我说道，然后想转移话题。给自己争取一些时间，"你去我家了吗？有我爸的消息吗？"

雅斯佩尔低下头，这让我胃一抽。他一直害怕说这个。现在，我也怕了。

"雅斯佩尔，怎么回事？"

"他不在。"他打起精神，从兜里掏出手机，递给我，"昨晚有雷暴。也许他的飞机无法降落。没准他还滞留在华盛顿特区机场。"

"他应该打电话说一声的。"我说。

"他们让你接电话？"

"我看到有人接电话，"我说，回想着特蕾莎和她牧师的通话，"不是父母都可以打得通。"

"不是研究这事的科学家吧？"雅斯佩尔问，"你再给他打一个试试。"

他说得没错。因为就算哈多克斯医生不知道我是谁，肯定有人知道。

我再次拨出爸爸的号码。我很庆幸没有直接进语音信箱。但是当终于接通的时候，我听到的是一个女人的声音。我把手机从耳朵上拿开，希望自己拨错了号码。但是没有。

"你好？"我说。

"你好？"她这次声音更大。

"你是谁？"我的心在胸口猛撞。"我爸爸的手机怎么在你那儿？"

"这是可怕的指责，"她说道。她的语气让我觉得指责她是对的。"我一心想做好事。而你这么说，好像我做了什么坏事。不会说句谢谢吗？算了，我还是挂了吧。"

"等等！"我喊道，"请不要挂断电话。对不起。我不是要——但这是我爸爸的手机，我联系不上他。唔，你怎么会有他的手机？"

"我捡到的，"她说，就好像这显而易见，"可能他买东西的时候，手机从口袋里掉了出来。我男朋友就经常这样。我总是跟他说，买一个男式钱包，而他的反应是，去你的，我才不要用钱包。但是我告诉他：你他妈的手机不想要了？"她停顿了一下，就好像突然忘了自己在跟谁说话，在说什么，"反正在这样的大型市场买东西别带手机。太容易分心。手机肯定会丢的。"

"什么市场？"

"东边市场。"她说，好像这又是一件显而易见的事。

"在哪里？"我的手在颤抖。我想对她尖叫。要求她立即告诉我一切。但是她刚才差点挂我电话。我要冷静。有耐心。"我在波士顿。我没听说过东边市场。"

"波士顿？"她笑了，"我们在华盛顿特区，国会山附近。这样吧，既然你离得这么远，不如转一些钱给我，你懂的，弥补给我造成的不便，我今天就把手机给你寄回去。"

她一把联系方式用短信发过来，我就挂断了电话。一个人名和一个可能属于任何人的邮箱。我甚至有点不想拿回手机，因为拿回手机又不能保证找到爸爸，好向我解释这一切是怎么回事。

"什么情况？"我挂断电话的时候，雅斯佩尔问我。

"有人在华盛顿特区市中心的一个市场捡到了我爸爸的手机。上次我跟他通话，他在机场。他说他马上乘下一班飞机回来。为什么他的手机不是掉在机场？"

"OK。"雅斯佩尔努力地掩饰自己的慌张，"也许他的飞机延误了，又不想在机场干等。或者有人偷了他的手机，又把它拿到那个市场。手机在那儿，又不代表他在那儿。"要不是那么容易就读出了他的情绪，我可能会相信他这些话。

"是啊。"我用力吞咽口水，不让自己哭出来。我扭头看向窗外，开始觉得眼睛灼痛。"那你去我家的时候，吉迪恩说了什么？"

雅斯佩尔闭上眼睛。我再次感觉到他的恐惧。他不想说。我家。

"吉迪恩不在。家里没有人。"他说，雅斯佩尔低头看着他的手，"但是你家大门是开的。我当时还没下车，就看见了。于是我走了进去。你家很乱。"

"什么意思？"

当雅斯佩尔转身面对我，我感觉他为我难受不已，千真万确。"威利，你家被弄得乱七八糟。抽屉被拉出来，文件丢得到处都是。前窗被砸碎了。"

"什么？"我恐慌不安，反胃，"为什么会这样？"

"我推测有人想找什么东西，才搞得这么乱。"

我搂住自己的腰，搂得很紧，但还是不停发抖。"吉迪恩不会有事吧？"

"没有吉迪恩受伤的迹象，"雅斯佩尔回答道，这个想法让他也松了口气，"我四下看了，没有血，没有留下一只鞋。"

我瞪大眼睛。雅斯佩尔则闭上眼睛。他知道他说错话了。

"哦，我的上帝。"吉迪恩的手机号码拨通了！我一只手捂住嘴。

铃响第一声，吉迪恩就接了起来。"喂？"

"吉迪恩，我是威利。你还好吗？"

"嗯，很好。"他说道，"有什么不好的？"

"你跟爸爸有联系吗？"

"嘘。你干吗要尖叫？"他也大喊回应，"别喊了，否则我要挂电话了。"

"我没有喊，"我狡辩道，"我问你，你上一次和爸爸通话是什么时候？"

"我想想。"吉迪恩心不在焉地说。他刚才可能在玩视频游戏，被我的电话打断了。我几乎能听到按控制器的声音。"昨天？"

"昨天几点？"

"我不知道。当时他在去机场的路上。"

我的心一沉。我跟爸爸的通话在那之后。吉迪恩知道的信息大概不比我多。不行，我不能就这样放弃希望。

"他说了什么？"

"还不是一直重复同样的蠢话——哦，真对不起。我同样爱你。"他的话语里满是嫌弃、嘲讽。"说来说去，全是废话。我跟他说：下地狱。我也要离开一阵子。等着瞧吧，这下子我走了，他会有多着急。"吉迪恩说。他听起来很得意。

"你在哪里，吉迪恩？"我问道。

"和一个朋友在一起。"他说。

"哪个朋友？"我提高音量，"这很严重。我不知道爸爸人在哪里。"

"哎呀，你不是能感觉吗？感觉一下爸爸在哪儿呀。"吉迪恩恶狠狠地说。

"吉迪恩，告诉我你在哪里。"虽然吉迪恩的朋友并不多，只有那么几个。"斯蒂芬家吗？"

"你还需要问啊？你的天赋哪儿去了？"

"吉迪恩，我没跟你开玩笑。我——"但是他已经挂断电话。"混蛋。"我小声说。

"至少他人没事。"雅斯佩尔说。看见我在用谷歌，他问道："你在干吗？"

"我在搜我妈妈的朋友，瑞秋的办公室电话。"搜了几次，才终于搜到——瑞秋·奥卡拉汉。我赶紧打过去。"爸爸说会给她打电话，也许她知道什么。"

电话进了语音信箱，"瑞秋，我是威利。我有急事找你。我找不到我爸爸了。给我回电话。"最后一秒，我想起来还没留电话，于是留了雅斯佩尔的号码。

挂了电话，我攥紧雅斯佩尔的手机。警察。我知道我还需要给他们打电话。作为一个逃跑的嫌犯，我不想这么做。如果像哈多克斯医生说的，他们关我们是合法的，那么我逃走很可能就是非法的。

与警方的通话时间不长。他们对我说的爸爸失踪不感兴趣。他们的反应比上次凯西失踪还要恶劣：全在说为什么他们不能去搜寻一名失踪者。他们记下了他的名字，注明了情况，还记了一些我提供的爸爸的旅途信息。他们唯一有兴趣的是他的手机。说到他的手机，他们开始问我的情况。问我是谁，我从哪里打电话来。当他们问我的电话和所在位置时，我挂断了电话。我都还没有告诉他们，还有人闯入了我家。

在那之后，雅斯佩尔和我沉默地坐着。我们能看到医院大楼，甚至是一些出口。我们看了十来分钟，仍然不见凯尔西的踪影。

"你看清楚了，我后面没人跟来？"我本可以发誓说有人跟来。也许他们抓住了凯尔西——这就是我现在的想法。"在我出来的时候？"

"看清楚了。"雅斯佩尔说。

这应该是个好消息，但感觉上并不是。

"有点儿奇怪，是不是？"我问。

"威利，每一点都很奇怪。"

"可我是说，防火门按说有报警器。我没有听到它响，所以它应该是那种不响的。可以肯定的是，他们知道有人已经打开了它。这么多的秘密，然后我逃跑了，竟然没有人来追我？"

"也许他们忙于处理真的火灾报警器，顺便说一句，那真的很响。我在路上就听见了。也许他们连开门报警声都没有听到。"他说，"也许你跑出来以后，他们就不能追你了。那太显眼了。"

即便雅斯佩尔还注视着大楼旁边，我也能感觉到，他想到了一些可怕的事情。

"怎么了？"我问他，"你想到了什么？"

"没什么，只是……"他低头看着方向盘，用手指右划了半个圈，"新闻根本没有报道。我是说，就像什么也没有发生。我在网上查了，没有一篇文章提到这场火灾。会不会是有人专门吩咐的？"

我听完没觉得好受，但也不觉得惊讶。我已经习惯了令人不安的沉默。"我不知道。营地发生的事没人感兴趣，就是死了13个人。我不懂了。"

"嗯，但是这些女孩会从医院出来，"雅斯佩尔说道，"即使她们的父母现在什么也不说，等他们的孩子回家了，告诉他们生物恐袭的事，他们肯定不淡定。纸是包不住火的。"

"除非，"我已经知道自己想说什么，"女孩们出不来。"

雅斯佩尔做了个鬼脸。"那他们要怎么解释？"他问，"'对不起，我知道我们说过，会把你们的女儿送回来，可是......'"

"医院突发火灾，她们都烧死了，这个解释怎么样？"

这就是我一直担心的：女孩们——我们所有的人——被清除掉。可能不是火灾，但那些女孩肯定会有可怕的遭遇，并永远消失。我需要在灾难发生之前，把她们救出来。对，由我。我是唯一一个知道真相的人。

我有预感。就像对桥上雅斯佩尔的预感。就像那晚对妈妈出去买牛奶的预感。就像对一些已经发生的坏事的预感。那么多次，我的预感都应验了。我的担心并不总是对的——对的概率不高——但我敢肯定，我现在的担心是对的。

我们又沉默地坐了五到十分钟。感觉时间过得很慢。我盯着大楼的边缘左看右看，继续寻找凯尔西，但是我现在觉得找不到她了，她已经不见了。我们看到的只是两个女人快速走下车道，一个场地管理员和两名护士朝正门去换班，包背在肩上，咖啡端在手里。我起身想看清更远处的急诊室。如果我是凯尔西，我可能会去那儿——躲在人更多、藏身之处更多的地方。但在急诊室门口只有一个体格魁梧的家伙在吸烟。

"哦，等一下，我有东西给你。"雅斯佩尔说着，在后座的一堆垃圾——食品包装袋、报纸和杂志，空的汽水罐里寻找。他似乎很高兴能够专注于不那么烦人的事。"对不起，这里乱七八糟的。我见了你之后，就随便买了点东西，对付着吃了。"

"这么久都没好好吃饭？"

"是啊，顾不上，我先去了你家，后来又回到这里的停车场。我不知道你能不能出来，所以……"他说道。但是他想表现出没什么大不了。

我内心充满的不只是感谢，脸颊马上泛红了。尽管我自己不想这样。

"谢谢你，雅斯佩尔。"感觉这话不足以表达我的感受，也不完整，"谢谢你所做的一切。"

"我说了我会在这里等你出来。"他似乎觉得我在怀疑他，不太高兴。他还在堆满垃圾的后座找东西。"啊，找到了。"

当他转过身，他递过来凯尔西的《1984年》。

"哦，谢谢。"

但是现在，救女孩们出来和找到我爸感觉要比这本书重要多了。可以以后再读里面的内容，再去琢磨其中的含义。要是我找到凯尔西，没准我们还能互相帮助——或者她单方面帮助我。也许这是事实。当我接过雅斯佩尔手中的书，有什么东西掉了出来。我把它捡起来，这才意识到是肯德尔警官留的字条。

我深吸一口气，盯着它。就在我思考我们下一步应该怎么做的时候，它出现了：一个答案。

"你能不能带我去个地方？"我问雅斯佩尔。

"没问题。"雅斯佩尔毫不犹豫地说。要离开医院，他很高兴。"去哪里？"

"一个你不想去的地方。"

17

　　我们开车进入剑桥，穿过哈佛爬满常春藤的建筑和许多意气风发的学生。我注视着一个独自行走的女孩。她身材苗条，短发参差不齐，但看得出是专门修剪出来的，而非和我的断发一样。她甚至背了一个与我类似的背包。我很惊讶：我们看起来差不多，但是我们之间的鸿沟却那么深。我开始觉得，这样的鸿沟也许会一直存在。

　　我们把车停在距离哈佛广场几条马路的一条小巷，这时天空已经乌云密布，夏天的暴雨就要来临。隆隆的雷声从远处传来，气压很低，就连车内的空气也感觉潮乎乎的。

　　雅斯佩尔没有多问，跟着手机导航一路开到我给的地址，最后把车停在附近唯一一个开放停车场。他太高兴我同意离开医院了，所以可能无论去哪儿都愿意。但我感觉随着我们深入剑桥小巷，他变得越来越焦虑。

"OK，现在你得告诉我，我们这是去哪儿。"雅斯佩尔把车熄了火。

"去我给你的地址。"我说。我知道躲得了初一，躲不过十五，但我还是在躲。"我们就去那儿。"

他转动眼珠。"这我知道。我是问你，去那地方干吗？"

说真的，我不应该拖累雅斯佩尔——唔，这就是问题。我连会怎么拖累他都不知道。我不能什么都不告诉他，就拖累他。

"那是肯德尔警官给的地址。"哪怕没看雅斯佩尔，我都能感觉到他对我的愤怒。

"把我们锁在树林里的木屋，好让疯子可以去打开你的大脑看的那个肯德尔？威利，我明白你想帮助其他女孩，但是这——"

"我相信他说的，"我说，"肯德尔看着我，递给我那张字条，我能感觉到。听我说，我可以试着解释一下异类的这种读心术。它可以非常敏锐和清晰。也许有一天爸爸所有的研究做完了，甚至能有办法衡量它的准确程度。能有办法把它展现给大家看。但是现在，它只是一种感觉。我的感觉。而且我不能保证一定正确。"我转头看雅斯佩尔，"另外，说真的，我不认为昆汀会看见我的大脑打开。"我微笑，试图缓和气氛，但是不起作用。

"你还跟我开玩笑？"他生气地说道。

"听我说，你其实可以不来——"

"别给我废话。"他说。他很生气。生气，因为他担心。"我当然得来。你知道的。"

我知道吗？我是不是在让雅斯佩尔开车载我来的时候就意识到

了？有可能。

我会来，这是毫无疑问的。但是我更希望有人陪我敲开这扇门。我希望那个人是雅斯佩尔。我能感觉到他非常想听我这样说。他需要我告诉他：我希望他陪我来。

"澄清一点，我希望你陪我来。我希望陪我来的是你，因为我信任你，你让我觉得……更好。"我退缩了。唉，就算能感受到所有人的感受，我还是那么不善于表达自己的感受，即使是我愿意承认的感受，它们——我开始意识到——可能远少于全部真实感受。"但是，你不来也没有关系。我不会觉得你抛弃我。我自己可以的，我会自己完成。"

雅斯佩尔抬起头，用余光看我，然后透过面前的挡风玻璃凝视前方。最后，他点点头。他的愤怒消失了，被心满意足所取代，我感觉到微微刺痛，还有温暖。这正是他需要我说的话。而且，我第一次用异类的感知，让别人感觉好受，让事情好转。一时间，感觉一切都不再那么沉重；一时间，我有了希望。

我们从车里出来时，天开始下雨。大滴大滴的雨水砸在地上，而雅斯佩尔和我顶着外衣帽子，按照他防水手机屏蔽上的小蓝点左转右转，进入剑桥更深的迷宫般的狭窄街道。暴风雨的蓝黑色天空让人觉得现在已经不止下午四点。

当我们终于转入高尔布赖特小路，大雨倾盆。我们在路上寻找323号，雅斯佩尔为了防止手机进水，把手机放进牛仔裤口袋。人们把报纸顶在头上，外套拉高，来抵挡风雨。不过我很高兴下了这场雨，因为现在大家都在躲了。

最后，我们在路的中间找到了 323 号。那是一栋狭长破旧的淡蓝色维多利亚式建筑，从门铃来推测，应该有五户，下面的窗户从里面用牛皮纸类的东西包着。我们在遮阳棚下徘徊，我掏出肯德尔警官的字条，找到上面写的那串门铃数字。

我颤抖着走近那块门铃面板，上面的每个按键都用胶带粘着一个小数字。我尽量不去想会发生什么。也许按照肯德尔说的顺序按响门铃之后，这栋楼里的每一个人都会生气地夺门而出。他们会是些什么人？我的手指颤抖地按下第一个按键，然后按下一个。

一直到按完，我都没敢喘气。我等着门打开，等着猝不及防的事情发生。但是什么也没有发生。门没有打开。没有一个人冲出来。只有一片寂静。

"再试一次。"雅斯佩尔的话让我惊讶。我还以为他会很高兴找一个借口走掉。

于是，我又按肯德尔警官纸条上的数字顺序按了一遍。这一次，我每一个键都按了更长的时间。我的手指还在最后一个按键上没有抬起，门就开了。但是，只有一条缝。里面的人只开了一条缝。

"什么事？"是一个男人低沉的声音。好在他没有冲出门来。

"唔，约瑟夫·康拉德在吗？"我说。

感觉打草惊蛇了。

"什么？"那个声音咆哮。

"约瑟夫·康拉德？"我又说了一次。

门突然关上，那个人也没有再回话。里面有说话声，然后是其他声音：柜子开合的声音，脚步声。过了一会儿，门再次打开，这次的缝隙比上次要宽，并且门链子放了下来。但这感觉更像是有人忘了锁门，而不是在邀请我们进去。

我转头看向雅斯佩尔。如果他不让我进去，我可能会听他的。但是他点点头，意思是：进去吧。于是我用一根手指，一直把门推到靠墙，以确保没有人躲在门后。

我深吸一口气，走进黑暗的房间。先是一阵恶臭扑面而来。霉菌，灰尘，夹杂着腐烂的味道。我闭紧嘴巴，不想作呕。

"快点进来，"一个人在我们右侧的窗边说，"关上那该死的门。"

在昏暗的灯光下，我只能勉强看出他的身形。听起来他非常生气，但是至少他的块头不大。

"你确定？"雅斯佩尔问。

我点点头，虽然我不知道自己确不确定。然后我示意雅斯佩尔关上门。

"过来，过来。"小个子说着，走到了窗前，现在我们得以看清他的脸。他留着一头凌乱的齐肩长发，脸形干瘦。他身穿超大号的衣服——一件绿色的牛仔军外套和一条超便宜的宽松牛仔裤，戴着巨大的黑色耳钉。无论是衣服还是他愤怒的声音，似乎都在有意弥补他的身高。他朝我们挥手，示意我们往里走。"走啊。赶快。"

他在等我们——或者像我们这样的人——但是他也很烦我们出现。他走过我们身边，到最里面猛地拉开了一扇门。阶梯下面透出昏暗的灯光，照亮了房间。我现在看清楚了，他甚至比我想象中更年轻，更矮小。

"嘿！"他厉声说，示意我们走下阶梯，"下去吧。他们在下面。"

雅斯佩尔站着没动，探头往阶梯下面看。"他们是谁？"

"滚！"那孩子吐了一口口水，就好像他确信雅斯佩尔是来捣乱的。他还故意挺起身子，这样显得更高。"下去，不然就给我滚。"

雅斯佩尔发出了一种介于愤怒和大笑之间的声音。他想行动，而我心想：别啊，雅斯佩尔。这样做不会有好结果的。但是，他已经冲那个战战兢兢、戴着耳钉的孩子走去。

"你刚刚说什么？"雅斯佩尔问。

那孩子身子前倾。傻傻地不知畏惧。"我说：下去，不然——"

雅斯佩尔一下抓住他的喉咙。只用了一只手。而且动作如此之快和突然，让我难以置信。但眼前的确是雅斯佩尔用一只手抓住那小孩的脖子。他还把那孩子举了起来。脚完全腾空。雅斯佩尔不是第一次这么做。他太擅长这样，信手拈来，太可怕了。

"雅斯佩尔！"我小声说。

最后，他的手松开了一些，那孩子开始咳嗽。

"谁在下面？"雅斯佩尔吼道。

但是那孩子并没有回答，而是手臂回抽，然后向前，随之闪过一道光。

然后是沉默。

那孩子伸出手臂，只见一把短刀架在雅斯佩尔的脖子上。

"住手！"我喊道。我盯着如此接近雅斯佩尔的那把刀。这是我造成的。

雅斯佩尔举起双手投降。他现在害怕了，我能感觉到。但是没有他应该感到的那么害怕。"OK，大哥，我不——"

"他妈的闭嘴！"那孩子尖叫。他的声音尖厉又狂野。"混蛋，你他妈的看不到我拿着刀吗？"

当他重新调整握刀的手时，我注意到他手上的文身。9个黑圈完美地排列成一个方形网格。这文身我在哪里见过。是在哪里？什么时候？谁？然后我想起来了。从营地的主屋出来之后，我们碰上两个人，他们有同样的文身。Level99。黑客行动主义者，昆汀那样称呼他们。

我得想想。我得用我的感知帮助雅斯佩尔。那小子到底在担心什么？他究竟想要什么？我该怎么办，才能让雅斯佩尔免受伤害？我试着去读隐藏在他恐惧之下的感受。集中注意力。集中注意力。不能搞砸。我知道了：那孩子想向Level99证明，他应该获得升职，不再看门。但是他害怕。恐惧会让人做出任何事情。

"Level99在等我们，"我说，"你可以问他们。我的名字叫威利。"这样说有风险。尽管有肯德尔警官的字条，但是我很怀疑他们是不是在等我们。但是那小子是不会去问的。他怕打扰他们。"我们应该出现在这里。我们知道代码。如果看不到我们，他们会生气的。"

那孩子死死盯着雅斯佩尔，刀还架在雅斯佩尔的脖子上。"那就下去，"他说，"滚到下面去。"

我轻轻拉动雅斯佩尔的手臂，想让他下去。"走吧，雅斯佩尔。我们下去。他们在等着呢。"

阶梯很窄，不平，踩上去吱吱作响。我靠着墙往下走，每走一步都感觉五味杂陈。高兴的是，刀离我们越来越远，忧虑的是，我们愈发困在这房子里了。这个时候我意识到，是不是肯德尔让我们来这里根本不重要，因为他真的认为我们应该来。他说的是不是真话不重要，肯德尔不可能确切知道，一旦我们到了这里，会发生什么。他不可能知道孩子会怎么做。我会怎么说。雅斯佩尔会怎么做。

异类规律 4：一个人说真话，不等于他认为的事情会发生。

在我身后，雅斯佩尔呼吸困难。

"我很抱歉，"我强忍着难受，"这是我的错。"

虽然窒息的是雅斯佩尔，这一点是肯定的。

"对，"他说道，比我预想的更加生气，"是你的错。"

终于下到底了。当我的头顶着天花板，我盯着桌旁坐的那个人。他是营地里那个金发、鹰钩鼻、黑眼圈的家伙。棋盘文身在苍白铁青的手臂上的那个。他显然也认出了我。情况不妙。

"妈的！"他说道。恼怒，筋疲力尽。就好像我是又一个他现在不得不清理掉的人。

除了他之外，还有十几个青年男女坐在房间中央的一张长条桌前，他们戴着耳机，穿着连帽运动衫，低头看着笔记本电脑。除此以外，我只能看到一部分墙壁，角落有一盏灯，可能还有一张桌子被挡住了。笔记本电脑前的人看到我们，就假装没有看到。他们甚至都不抬头。这里逼仄黯淡，而且有一股酸臭味——太多条穿了太多次的牛仔裤。

"我不知道你们来这里干什么，"金发男子说着，看见雅斯佩尔便开始打量，"但我们跟你们没关系了，因为她。"

我离得很近，能看到他桌上贴的新闻剪报——有电子邮件表明药监局推进治疗石油泄露所致癌症的营利性止痛药和服务。对面的墙上挂了一大张白色床单，上面除了喷着棋盘图案，还写着：勇气是生活在赋予人平静时索要的代价。阿梅利亚·埃尔哈特。

"什么'因为她'？"墙后面的一个女孩喊道。

"我正在处理！"金发男子生气地喊道。就好像他和那个女孩已经为别的事情吵了一架。"你不会想出来的。相信我。"

"哦，拜托。"女孩轻蔑地回应。

女孩终于出现了：娇小，但是肌肉发达，穿着男朋友风的牛仔裤，舒适的白色背心下，是她绯红的花边胸罩和橄榄色的皮肤。她的黑发扎成一个高高、厚厚的马尾，一只耳朵打了一排耳洞。她靠近锁骨的地方，有着相同的棋盘文身。

"瑞尔，你不用出来，"金发男子抱怨道，"我在处理。"

"处理，"她又哼了一声，好像那是她听过的最荒谬的事情，"还要谢谢你告诉她我的名字，混蛋。做得真好。"

金发家伙皱起眉，并低下头。

当瑞尔看向我，我觉得她想看透我，好像要爬进我的身体，忙于检查我的五脏六腑。蔑视，这就是她看完我以后我读到的。但是她的情绪是如此单纯，这很奇怪。通常来说，大多数人某一时刻的情绪是复杂的。

"你是谁？"她最后问道。她见我没有说话，于是挑起眉。这个时候，她抬起头，看到了我剪烂的头发，现在我只能想象自己看起来有多不正常。"你怎么了？你为什么不回答？"她转向金发男子的同时指着我说。"难道她是哑巴？"

"她是营地里那个人，"他说道，好像这句话就能说明一切。我想可能真的能说明一切。"她父亲是科学家。你知道的，她是'异类'。"他用手比了一个引号，同时摇了摇头，"我都叫你别出来了。"

他们对我有看法很正常。Level99 的人梳理过我们所有的个人数据，拦截了爸爸的信息。他们可能比我更加了解我自己。

"昆汀告诉你们的都是假的。"我开始说话。但是，当瑞尔转过身，她满眼的愤怒让我喘不过气来。"我只是说，不管他在营地告诉你们他在做什么，全是假的。"

瑞尔开始大笑，然后恶狠狠地变脸。"他妈的不——可——能。"就好像我才是白痴。但是，无论她对我有多愤怒，她对昆汀的愤怒更甚。我能强烈地感觉到这一点。"对你来说什么是真的？你死去的朋友，还是被枪击的 11 个人？"

"12 个。"我故作镇定地说。这是一个小错误，但是我不喜欢他们把人数搞错。"被枪击的 12 个人。"

"没错，如果算上你朋友的话，"她说道，眨眨眼睛，"我说的是枪击，不是枪杀。而且，我自己的话，不想把她和那些疯子相提并论。"

我想这种不一致并不重要。但是这件事我特别让爸爸跟进过。我一直抱有希望，希望莱克西或米里亚姆幸存。我要知道准确的死亡人数。真相。但是警察后来统计死亡人数时，"开枪者"时而算在内，时而不算在内——所以数字可能会有出入吧。

我沉默的时候，瑞尔摇了摇头，说："管它呢。"那一瞬间，她为我难过。也有点为凯西的遭遇感到愧疚。但她的愧疚只是一闪而过。

"肯德尔让我来这里，"我说道，"我不知道你在营地见过他没有，但是他——"

"肯德尔？"她走上前，一只手指愤怒地指着我的脸，"那个疯子跟你来这儿了吗？要是他来了，我向上帝发誓，我要你好看。"她冲金发男子点点头，金发男子似乎明白了这是他的任务：给我好看。

我感觉身后的雅斯佩尔就像一只护卫犬，准备好随时冲出去。别这样，我心想，别轻举妄动。

"肯德尔没跟着我们，"我小心翼翼地说，"他给了我这个地址。"

"他妈的！"瑞尔大喊，把手抱在头上，"那我们不能待在这儿了。"她不跟我说话了。

"你当真？"金发男子问。失望之余，不太上心。他环顾四周。"我喜欢这个地方。"

瑞尔愤怒地深吸一口气，然后又转向我。

"你现在说实话，我说的是该死的现在！你为什么要帮，以及怎么帮肯德尔？快说，否则看我不把你爸爸的银行账户清零。"

"我没有帮肯德尔。"我举起手，就像她在用一把刀指着我。银行账户清零，真的有这种可能。我不怀疑 Level99 有毁掉别人生活的能力。"肯德尔发现我在医院，就叫我来这里。"我递给她肯德尔的字条。她看着字条，眯起眼睛。"他们关了一群女孩，都是和我一样的异类，这我至少可以肯定。我不知道他们是如何发现我们的，也不知道他们想对我们做什么，但是——"

"等等。"她用一只手托住自己的头，面露疑色，"他们是谁？"

171

"我想是国家卫生研究院——他们说是国家卫生研究院在负责。但老实说，我不太相信。他们说，我们都感染了某种生物恐袭的链球菌。还有个免疫学家说，这能够解释异类的情绪问题。"

她双臂交叉。"你相信了？"

"不，我不相信，"我反击说。从她的表情来看，我反击得太凶了。"这就是为什么我逃了出来。但是，其他女孩还在那里，身处险境。可能会被杀。"

"他们为什么要那样做呢？"她问。我只能感觉到和此前一样的蔑视。她现在的问题是在考我。就好像她已经知道答案，但是她想看看我知不知道。

"可能是想把这件事搅黄。爸爸马上就要拿到一笔科研经费，研究结果会公之于众。到时候想成为异类的人知道自己成不了，会生气吧？"瑞尔转动眼珠——我不知道是对那些"家伙"还是对我相信他们存在。"总之，我想肯德尔觉得你们起码能帮我救出那些女孩。"

"这么多人里就肯德尔想要救人，你不觉得有点儿奇怪吗？"她问道。

"我想他可能是后悔把我们关在营地吧。"

"哦，你还不知道？"瑞尔微笑着说，"你以为营地那些人是谁杀的？"

我的耳朵嗡嗡作响，脸颊发烫。"不……"但是我就连一句为他辩护的话也说不出来。

"没错，不骗你。我们亲眼所见那个混蛋……"她接着说，两个手指指着自己的眼睛，然后看向我。她知道自己让我震惊了，很高兴。也许她爱上了昆汀，但是至少不像我那么愚蠢。"我们在那里装了几个摄像头。因为我不相信昆汀。我不相信任何人。"但是一瞬间我感觉她也许只是不想承认自己相信了昆汀。"我知道可能会有大坏蛋作恶。不过那里有树挡着，我们不可能把所有东西都拍进去。但是摄像头拍下来的已经能证明一切。我们看到肯德尔拿着一把该死的大枪，进了营地。"

"天哪。"雅斯佩尔坐在椅子上，低声说。

"哦，"瑞尔说着转向雅斯佩尔，就好像才想起来他还在那儿，"这是显而易见的。"

"但是他为什么要这样做呢？"我问道。我知道这个问题很蠢，尤其是现在问。但是我没有忍住。我需要知道答案。

"权力。控制。秘密。鬼知道。"她挥了挥迷人的手臂，"可能连肯德尔自己都不清楚为什么要这样做。我不知道他私底下为哪个险恶的组织效力，可能是组织派他去杀人。最糟糕的事情不都是这样发生的吗？听命行事？每个人都尝一点邪恶的味道，而无需吞下整个怪物三明治。"

"可是他为什么要来医院提醒我呢？"

"你问我，我哪儿知道？"瑞尔厉声说。我能感觉到雅斯佩尔在心里喊：没错！但是他什么也没有说。然后瑞尔又想到了什么。"或者，你想过没有，也许你不在那儿更好？"

不。我不会这样想。我不能这样想。我仍需要相信，肯德尔让我们到高尔布赖特来是有原因的，而这个原因必须是拯救其他的女孩。

"你可以不帮我们。"我对瑞尔说。

"嗯，没错。我可以不帮你们，"瑞尔说。

"但是我们确实需要帮助。女孩们需要帮助。因为我——"

"让我猜猜，你有一种不祥的预感，"瑞尔说道，她这么说是想讥讽我，但是她没有得逞，"你爸爸说的你全信了，对吧？"

现在我生气了。"你知道吗？去你妈的。"我说，"我最好的朋友在那个营地里死了。她死了，是因为要帮助我们逃出昆汀的魔掌。而你是昆汀的帮凶。你负有责任。"

"胡说。"瑞尔瞪着我，但是她的愧疚像皮疹一样蔓延开来。我觉得她在努力驱赶它。"那个混蛋对你和你的朋友做了什么，与我无关。你爸爸才是藏尸的人。要不是他——"

"你居然还怪威利的爸爸？"雅斯佩尔问道。他甚至没有生气。就好像他完全有理由不相信瑞尔会那样说。"一切都是昆汀的错。我明白你觉得你做的没错，但是话说回来，你确实帮了他。"

我能感觉到，雅斯佩尔终于相信——也许是首度相信——杀死凯西的是昆汀，而不是他自己。如果我们一起逃出这个地下室，他至少会一直相信下去。

"不不不。"瑞尔晃着一根手指，"那个混蛋昆汀骗了你们，同样也骗了我们。"她很讨厌被他骗，不过那种羞耻没有写在脸上。"常有的事。没有人是完美的。"

"没有人是完美的？"我问。我希望她能听出我心里有多不爽。"凯西已经死了。而且其他人都——"

"你打算把那也怪在我们头上？"金发男子喊道。瑞尔看向他的时候，他正身子后仰。

我盯着瑞尔，直到她终于回头看我。还是蔑视，彻彻底底的蔑视。就像注塑一样强硬。我不可能强迫她做她不想做的事情。我只能寄希望于她自己想通。

"听我说，医院有个医生叫阿尔瓦雷斯，还有一个叫哈多克斯，"我说，"还有一个教授叫科尼利亚，他在纽约大都会医院工作。你可以自己去查。如果那里有谁你应该去帮助，那就是那些女孩。她们全都在波士顿总医院。"

18

　　我们沉默着，快速走出 Level99 的地盘。走出了一个街区，雅斯佩尔才终于放慢脚步。他比我感觉到的还要焦虑。他特别害怕。

　　"你没事吧？"快上车时，他问我，就好像他完全没事。

　　我点点头。然后耸耸肩。然后摇摇头。"可能我报的期望太高了。我以为肯德尔警官的字条能解释一切。"

　　"好在没有被捅一刀，"他说道，感觉很糟，真的很糟，"我不应该——我不知道为什么自己会那样抓住他。我很久都没有这样过。"

　　"嗯，确实是——"

　　"搞砸了，"他说，"抱歉。"

　　"是我的错，我们一开始就不该去那儿。"

　　雅斯佩尔笑了。"那倒是真的。"

　　他打开吉普车门时，他的手机响了。他低头去看，一个不认识的号码。"喂？"他接起电话，一脸严肃，"不是，你哪位？"然后是停顿，"为啥？因为是你给我打的电话？"

"是拿着我爸爸手机的那个女人吗？"我问。我能想象到她什么也不解释就开始说。

他摇摇头。"是的，威利在我边上。"他感觉对方没有礼貌。瑞秋。当他把手机递给我的时候，我还能听到她在电话那头说话。"哇，她还真了得。"

我接起来，做好了心理准备。

"瑞秋？"

"威利！"她喊道，"发生了什么事？"我刚收到你的留言。你说你爸爸不见了？"我不想看到她那么担心。而且，她显然毫不知情。"我给他打了几次电话，一个疯女人接的。她想向我勒索钱财。威利，发生什么事了？你没事吧？"

"没事，"但是现在不是装勇敢的时候，"我的意思是，我没有受伤。但是我确实需要你的帮助。我们可以去找你吗？"

"当然可以。"她说。我现在很感激瑞秋的不离不弃，哪怕我一直想把她赶出我们的生活。"或者我去找你们？"

"不，我们去找你。"

"OK。那我就在办公室等你们。别担心，威利。都能解决的，不管是什么事。"

我们在波士顿郊区的一个破败的购物中心停了车。这里的停车场坑坑洼洼的，而八个店面中有两个空着，还有几个——一家一元店，一家五金店，一家美甲店——看起来像 20 世纪 70 年代的。还有一家很大的迈克尔店，闪亮崭新，就像误落凡尘。

"你确定是这个地方？"雅斯佩尔四处张望，问道。

"是瑞秋给我的地址，"我研究着那一排店面，"也许在那边。"

"不好意思，我换个问法吧。"雅斯佩尔说，"你不是说她超级成功，是哈佛法学院毕业的吗？她怎么会在这里工作？"

我这才意识到，我对瑞秋的了解并不全面，只有零星一点。

"瑞秋曾经是公司律师。我妈妈说她是个'能人'。但不是褒义。"我解释说，"但是她现在无偿为人辩护。她想通过这种方式来赎罪，因为她帮助了很多坏人，赚了黑心钱。爸爸是这么说的。噢我看到了，在那里，在那里。"我终于在美甲店隔壁看到一个简单的黄黑色招牌：瑞秋·奥卡拉汉律师。

我们走到跟前，发现门是锁着的。里面贴了一张手写的小字条，上面写着：按铃。毕竟今天是周日。我按铃之后，对讲机里传来混着杂音的人声。

"我是威利·郎，我找瑞秋！"我喊道，希望他们理解我的来意。

但是我听见的只有更多的杂音。我又试了一次。

"我是威利·郎！"我喊了第二次。

更多更响的杂音。就像对讲机那头的人在喊叫。杂音停止的时候，门嗡嗡地开了。

等候室的样子并不比办公室外好。事实上可能还要差。这里有六张看起来很廉价的折叠椅，一张空空的前台。木质和油毡的地板。闻起来有一股霉味。

"唔。"雅斯佩尔开始四处张望，就好像他有很多话想说，但是不知道应该从何说起。

"来来来！"瑞秋从黑暗的门厅走来。她的口音既有点波士顿，又有点布鲁克林。

"奥卡拉汉女士，你回来了？"一个男人在后面叫她。他走出瑞秋的办公室，向我们走来。"我是不是应该……"

"抱歉！"瑞秋说道，不过她还望着我，"我们得改期了，今天晚些时候联系吧，医生。"

"那我要说抱歉了，晚上我不方便。"那个男人似乎很不爽。当他终于从黑暗的门厅走出来，我看清了他的样子：矮小，白发苍苍，蒜头鼻，巨大的耳朵。他的喉结边有一道厚厚的难看的疤痕。

"医生，我花了二万美金请你补牙，我自己付的钱，"瑞秋回应道，看都没有看他，"我决定什么时间方便。我会跟你联系的。"

医生一走，瑞秋就锁上了身后的门。

"来吧，"她对我们说，"去我的办公室。那里舒服些。"

瑞秋的办公室确实比其他地方好，虽然只好那么一点。明亮，整洁，铺着新的便宜地毯，木地板漆成白色。

她示意我们坐在她办公桌对面客人坐的破旧木椅上。"好了，现在告诉我，到底是怎么回事？"

终于能说正事了，但是我刚想开口，嗓子就发紧。我努力控制自己。"我爸爸本来说打电话给你——"

太迟了。我已经哭了出来。

"哦，亲爱的。"瑞秋跳起来，绕过办公桌，走到我的面前。她把两只手放在我的胳膊上，然后向雅斯佩尔的方向投去指责的目光。就好像是雅斯佩尔的错。"他为什么要打电话给我？我没有接到他的电话。告诉我是怎么回事。"

于是我从头开始交代发生的事情。一下没停，至少说了五分钟。当我终于说到给爸爸打电话的那部分，瑞秋打断了我。

"所以你跟他通话的时候，他还在机场？"她问我，"然后他的手机又出现在华盛顿特区的另一个地方？"

我点了点头。"是的，"我说，"他也没回家，也没来医院。要是能来医院，他肯定会来的。"

"当然。"瑞秋回到自己的办公桌后面。然后她坐下来，双臂交叉，抱在胸前。她非常担心，虽然她一副毫不担心的样子。"好吧，至少他的手机没有出现在佛罗里达。"

"佛罗里达？"

"哦，那个博客，"她说着，挥了挥手，让我们别去理会她说的话。但是被她这么一说，我脑子里全是 EndOfDays.com。"对不起，我不该提这茬的。你爸爸不担心，你也没必要担心。会没事的，威利。我们会找到你爸爸。你知道他去华盛顿特区是为了和谁见面吗？或者有谁跟他同行吗？"

"他去见国家卫生研究院和一个参议员，我记不清参议员的名字了。叫拉塞尔还是什么。爸爸本来打算把他的所有信息留在家里。"我回答说，"但是我不知道他留了没有。"

我这才想到，爸爸的行程安排和家里被盗，二者可能是有关系的。

"什么意思？"瑞秋问。

"我早前去了她家，"雅斯佩尔说道，然后犹豫了，"她家被……翻得乱七八糟。翻了个底朝天。"

"那吉迪恩呢？"瑞秋问。

"他什么都不知道，"我说，"他昨天和爸爸吵了一架，后来他一直没有回家。我报了警，并告诉他们爸爸不见了，但我想他们不会管的。失踪时间还不够长。"

"OK。"瑞秋把两只手摊在桌子上，就像要撑着站起来。但并没有，她只是瞪着我。"我们会找到你爸爸，他不会有事的。"

"我们还要救出其他的女孩。"

"当然，"她说，"我们要搞清这与医院有什么关系。我们要把坏人绳之以法。"

但是我知道，那不是她马上要做的。

"不。我是说现在就去救她们，"我说，"她们有危险。"

"有危险？"瑞秋很怀疑，"人身危险？"

"差不多吧。"我希望她别让我拿出证据，"我都还没警告她们。什么都还没告诉她们。如果你不帮我，我就自己回医院去。"

"哇，威利。"她举起手，"我会尽我所能救她们出来。但是当务之急，我要打电话给警方说明你爸爸的事，看看能否在你家找到他的行程，然后让警方去追查他的下落。"她冷静地说，"然后，我们再去医院处理你说的这个事情。我有一个朋友在司法部，他应该认识国家卫生研究院的人。他总能联系上内部人。我会跟他取得联系，我保证。"这是离开医院之后，我第一次觉得紧张的神经放松了一点。"听我说，如果事态恶化，我们就动用你妈妈的记者资源来施压。用曝光来威胁非常管用。"

"谢谢你。"我说，希望她也听到我没说出口的：尤其是我总是给你添麻烦。

"没事，"她说，然后，她皱了皱眉头，"等一下，你是怎么逃出医院的？"

"有一个女孩——我俩决定拉响火灾报警器。"我说道，故意不看雅斯佩尔。他知道我故意没说肯德尔这个促因。要是说出来，瑞秋的反应应该会比雅斯佩尔更大。"但后来好像真的起了火。每个人都毫无准备，惊慌失措。就连警卫也是如此。我逃了出来，但是我不知道凯尔西能不能逃出来。"

"等等，医院起火了？"瑞秋问。

"是啊，"我说，"老实说我也不确定，因为我逃走了。但是，警报器的确响了，我闻到烟味，消防队员也来了。"

"这件事情很蹊跷。"瑞秋说。她面露疑色，但是我不知道她怀疑的是人还是事情。

"你说蹊跷，是什么意思？"雅斯佩尔问她。

瑞秋没有看他，一直盯着我。"我的意思是，营地起火之后，再一次火灾。"

19

　　雅斯佩尔和我乘坐火车，去往比肯山上瑞秋的家。周日傍晚，火车上为数不多的几个人并没有什么特别，要么在看报纸，要么在看手机。他们忙着自己的事情，好像没什么不妥。我羡慕他们。

　　瑞秋坚持让我们去她家，说那样她就可以仔细研究。我试图与她争辩，但是她说的确实有点儿道理。如果有国家卫生研究院的人——或者别人——要抓我，那我应该做的是躲起来。

　　我刚一同意去她家，瑞秋就马上开始叮嘱。她家门的备用钥匙，一张写着她所有号码的卡片，一台用完即扔的备用手机——她管它叫"一次性手机"。这显然不是她第一次帮助别人消失。瑞秋说服我们把雅斯佩尔的车停在一条小路旁，坐火车去她家。我们约定，待在她家，等她来接我们。

　　"保险起见，尽可能不要开机。"她指着雅斯佩尔的手机，说道，"他们首先得把你和雅斯佩尔联系在一起，然后会知道你们在一起，并用雅思佩尔的手机来定位你。虽然这种可能性不大，但不是完全没可能。政府想做一件事，会使出各种奇招，我见得太多了，常常出乎我的意料，但是基本上都不成功。"最后，她拉开一个抽屉，掏出厚厚一沓钱。她把那些崭新的纸币递到我的手里："一定不要用信用卡，威利。否则他们会立马找到你。"

就这样，我们正式开始逃亡。再次逃亡。

雅斯佩尔把手放在我的肩上时，我吓了一跳。

"我们该下车了。"他说道。这个时候，火车晃晃悠悠地停了下来。

我们费了一些周折才找到瑞秋的家。它坐落在风景如画的比肯山上，周围有时尚的店面和质朴的砂石建筑。那条街距离纽伯里很近，但是因为没有导航，我们走反了方向。当我们快要放弃，准备开启雅斯佩尔斯的手机导航时，我终于看到一栋亮白色的房子，门口挂了一个煤气灯，和瑞秋描述的完全一样，距离我们已经很近了。

"等等，我想是那栋，"我说着，加快步伐，"在那里。"

我在前面领路，最后停在729号门口。那是一栋巨大的、一尘不染的砂石楼，在两棵大树后面，可以算是波士顿市里的豪宅了。

雅斯佩尔说着，走到我边上。他上下打量着建筑的外立面，发出"哇"的赞叹，仿佛不敢进去。"这房子超赞。"

"是啊。"我说道。这一点毋庸置疑，尤其是和她的办公室相比。我并不想刻意比较，但是这种差距让我感到不安。"赞爆了。"

瑞秋家的内部比外面更炫，既保存着旧物，又有别致的工业家具。前厅有两扇巨大的落地玻璃窗，一面墙是裸露的砖块，木地板是深色的，可能还故意花钱做旧。

"她一个人住这儿？"雅斯佩尔望着偌大的房间，问道。他想知道瑞秋是怎么办到的。我也想知道。

"嗯，"我说，"据我所知，是的。"

"据你所知？我以为她是你妈妈最好的朋友。"

"曾经是。所以我才这么说。"我不想解释那些诡异的事情：瑞秋和我妈妈翻脸，以及她再度出现。如果雅斯佩尔让我重新审视，我会心生怀疑。太怀疑，以至于不能让她帮忙。而我们现在需要瑞秋帮忙。至少爸爸绝对需要。

雅斯佩尔仍在打量瑞秋漂亮的家。"你就不害怕，她能让我们说走就走？"

"她是一位辩护律师。"

"嗯，是的，"雅斯佩尔说，"但我不认为辩护律师会帮助他们的客户逃跑。"

"我要去洗个澡。"我说。瑞秋说可以在她家洗澡，而我浑身难受。另外，我特别想结束现在的对话。雅斯佩尔的话很有道理。"别弄坏东西。"

我在瑞秋漂亮的淋浴式水疗房里站了很久，试图洗掉医院的味道。很快，我就开始走神。要不是因为太愧对那些女孩，我可能连这些事都会忘掉。

淋浴过后，我前往瑞秋的卧室，换上她执意要借我的衣服。她说，我想穿哪件就穿哪件。她巨大的步入式衣橱就像是一件完美的精品，昂贵的衣服一件件隔开，挂好。还有几十个内置隔间，每个里面都只放了一双鞋。我从来没有见过这样的衣橱，惊呆了。我关上衣橱，走向瑞秋的抽屉柜，希望那里没有那么可怕。

不出我的意料，那里放有牛仔裤，但是她的牛仔裤柔软得超出了我的认知。不管怎样，它们是我最好的选择。我拽出一条牛仔裤，继续寻找，希望我能找到一条不那么吓人的 T 恤。我一直翻到倒数第二层，才摸到一件普通的旧棉质手感的 T 恤。我一拽，手指打在抽屉底部的坚硬物体上。我把 T 恤往回拽，想看看那是什么。那是一个常用来盛装昂贵手镯的小方盒。

一个独居的人，为什么会在抽屉底藏一个盒子？她不想让谁看到？我正想把盒子拉出来看一看，但又突然想到：这不关我的事。瑞秋在帮助我们。我不想因为窥探她的东西而毁掉这一切。

当我回到楼下，雅斯佩尔在沙发上睡着了。他僵坐着——脚放在地上，双臂紧紧交叉。只有他的头微斜，嘴巴微张。我从他对面的亮白色沙发上拿了一个枕头。当我把枕头塞到他的头下，他斜靠在上面，继续鼾睡。

我看了他一会儿。他闭着眼睛，我才敢这样看。我很高兴他在这里，虽然我并不愿意承认。并不是因为我需要他。我不需要他。

我只是希望他在这里，而这——实际上——更令人紧张。

我坐在他对面的沙发上，从瑞秋给我们的度假手提包里掏出凯尔西的《1984年》。现在除了等瑞秋打电话来以外无事可做。这一次，我决定从书的开头开始看。

加布瑞尔和凯尔西从对方的随意试错中学习，而我从她们的记录中学习：知道什么感觉是真实的，是可以用科学方法验证的。因为书中有很多地方记录了凯尔西和加布瑞尔的讨论，讨论她们是不是在编造和臆想，是不是两人都疯了。

我跳过前面的部分，找到"阻挡"这个她们加粗划线来特意强调的词。这个词后面列了四点：

"1.相信谎言 2.想象一个盒子 3.把你的感觉放进盒子 4.盯着又平又黑的盒子，想象盒子（只是盒子）小加

但你和别人说话的时候，怎么想象盒子？小凯

我不知道。多练习？小加"

从凯尔西在医院阻挡得那么好来看，她们后来肯定掌握了要领。

我自己试了试：我闭上眼睛，想象把我所有的感觉放进盒子。我盯着黑盒子的顶部。试着心无旁骛。一分钟后，我确实觉得排空了，虽然没有凯尔西在边上读我，我无法知道自己做对了没有。虽然我很想假装因为知道爸爸的研究而有优势，但是我感到更重要的是我独自一人。

我看到在"阻挡"的斜对角写着："没有经过分析推理的认知或观点：直觉——韦氏大辞典。"

她们也像我一样明白了：超强情绪感知不只是读人的情绪，练习已经让我更厉害。真正的问题是我们能有多厉害，我们能做到的极限是什么。

我把这本满是笔记的书翻完了。里面并不全是读人，还有一些关于朋友间的交流；排球队有个叫莎拉的女孩老是造谣，说凯尔西和一个已婚老男人发生关系，但这不是最重要的，最重要的是，这谣言恶心无比。

还说到了加布瑞尔当时新交的男朋友——两个女孩矛盾的导火索。他的名字叫莱奥·贝科威茨，是哈佛赛艇队的桨手，凯尔西却老取笑她姐姐这一点。愚蠢的老一套：和"大学男生"约会。"哎哟，哈佛，恶心。"

但是我恍然大悟。凯尔西掩盖的是被人抛弃的感觉。显然此后她的心变硬了，因为我无法想象我见到的凯尔西会和谁交心。后面还提到有一次凯尔西飘飘欲仙，加布瑞尔不认可。毒品，我能想象。小加在书上写了一句话："我担心你。"

加布瑞尔的男朋友是我第一个线索：哈佛大学赛艇队，莱奥·贝科威茨。如果我能找到莱奥，也许就能找到加布瑞尔。我幻想着凯尔西已经和加布瑞尔在一起了。如果没有，加布瑞尔肯定愿意帮我救出凯尔西。

我想立即跳下沙发，跑到哈佛去找莱奥。但是，我至少应该等瑞秋告诉我爸爸的消息再行动，这是瑞秋应该投入主要精力的地方。

已经看到书的结尾，我翻到封底，目光停在另一个交流暗黑盒子的地方。

"混进测试也太容易了。那个搞科研的人在学术上可能非常厉害，但是他的安保工作做得太差了。我说校园卡丢了，那个让人毛骨悚然的卡顿博士就信了！！小凯"

我的心脏狂跳不止，扫视着页面的其余部分。最后我发现了它："异类。"然后上面写道："那到底是啥意思？"

我盯着那些字，字迹潦草巨大，不同于其他的字，突然之间，书从我的手中滑落，掉在地板上。

雅斯佩尔被吓醒了，身子绷直。他问："怎么了？"

"对不起，东西掉了，"我说，"没事。"

他又靠倒在沙发上，用掌根揉揉眼睛。"那是什么？"

"《1984年》。是我们回去找的那个女孩的书。我想她是其他三个原始异类之一。"

"哦？"雅斯佩尔对我眯起眼。他不解，我也是。"这是好事，还是坏事？"

"我不知道。"这是实话，"要看情况。"

"看什么情况？"

我想到爸爸对我要见其他两个原始异类的事是多么谨慎。我以为他担心的是我们更关注自己。而事实是，我并不想认识那两个异类。但也有可能是别的原因。她是异类绝对不意味着她就值得信赖。我见过凯尔西，她就不怎么阳光。

"看她是否是个好人。"

我的一次性手机响了，我也只能希望是瑞秋打来的。"喂？"

"你们在家里没事吧？"她问道。她听起来很紧张。不管我们走

189

后她了解到什么，那绝不是好消息。

"嗯，我们很好。"我回答说。突然间，我被恐惧淹没。我一直担心爸爸，但是我不敢去问他的情况。现在我不得不问了。"你找到我爸爸了吗？"

"还没有，"她谨慎地说，"不过我刚离开你家。可能有人来过。雅斯佩尔斯说的没错，你家里真是一团糟。警方正在调查，我跟他们说你和吉迪恩出城去你奶奶家了，他们好像信了。也没说要给你打电话，没提你打过电话。他们看了你家的状况，加上知道你爸爸的手机在一个陌生女人那里，起码已经开始认真找你爸爸了。而且我发现了你爸爸的行程，埋在一堆东西的下面。"

"哦，好的。"但是我真的不放心，"那我们可以打电话给他们——"

"我打过了，"她打断我，说道，"显然，参议员拉索昨天根本就不在华盛顿特区，也没准备去那儿。他们办公室也没有人联系过你爸爸，"她说完，又赶紧补充了一句，"但是他确实乘坐那个航班到了华盛顿特区。而且像你说的，他落地15分钟之后就预订了返程航班。但是——"

"他并没有登机。"我接过她的话。

"嗯，没有登机。"

"那么现在怎么办？"我问，紧握手机的手在隐隐作痛。

"调监控录像，查手机数据。可能需要一点时间，但是已经在做了。我可能会去一趟华盛顿特区，看看到底怎么回事。再去跟拿着你爸爸手机的那个女人聊聊。她知道的可能比我们想象的更多。"瑞秋深呼了一口气，呼气的声音很疲惫。"现在说说医院的那些女孩，我——"

"不。"我感觉很内疚。我过意不去让瑞秋想方设法帮助那些女孩，但我不能让她从爸爸身上分心。搞清他的状况突然感觉急迫得多。我只希望这不是因为我潜意识里有一种不祥的预感。"你去找我爸爸。"

那些女孩交给我，我心里这样想，但是没有说出来。不过只有这样才对。是我把她们留在了那儿。

"但是威利，你和雅斯佩尔要待在我家，"瑞秋已经看穿我的想法，"我说真的。你别想着自己去救那些女孩。此外，我已经跟我在司法部的朋友说了，他在国家卫生研究院的联系人明天早上会联系他。今天是周日，所以我们必须要有耐心。等我到家，我们再细聊。我会救出那些女孩，并找到你的爸爸。我正在做。我向你保证。你乖乖在家等着。"

"好，我知道了。"我说得很快，千万不能犹豫，"没问题。"

但我没有承诺在家等着。因为我不准备那样做。

"要是有新的消息，我会打电话给你，"瑞秋说，"你有需要可以随时打我这个电话。"

"好。"我说道，希望在说漏嘴之前赶快挂断电话。

"不会有事的，威利。我陪着你，而且我会帮你。一切都会没事的。"

我挂断电话，开始找电脑搜索莱奥·贝科威茨。从他开始，然后找到凯尔西的姐姐，然后找到凯尔西，三个原始异类中的一个。想到可能会再见凯尔西，我有一种奇怪的感觉——又紧张，又兴奋。凯尔西会知道我的这种感觉吗？

有雅斯佩尔的手机，可以用来找莱奥。但是不到迫不得已，开机是不明智的。我会听从瑞秋的这一指令。所幸没过多久，我就在瑞秋家的厨房一角找到了一台轻薄的笔记本电脑，感觉漂亮又昂贵，套着皮套。

"你在看什么呢？"雅斯佩尔问我。他已经走到我的身后。我应该说实话。让他自己做决定。我们陷得越深，风险就越大。我只有救出那些女孩，才可能脱身。但雅斯佩尔不是。

"凯尔西的姐姐有一个男朋友，或者是前男友，叫莱奥·贝科威茨，"我说，"他是哈佛大学赛艇队的。我想找他。我在搜他的住址，电话号码也行，"我抬头看着雅斯佩尔，"有一点要说清楚，瑞秋说让我们待在这儿别乱跑，找我爸爸和救医院那些女孩的事情交给她。但是她不能同时做两件事，而我需要她去找我爸爸。"

"所以你要回去救那些女孩。"雅斯佩尔说。

我点点头，"凯尔西有可能已经逃出来了。我希望如此。如果没有，莱奥会告诉我们凯尔西的姐姐在哪儿，她也许有更好的主意解救大家。"我真的这样希望，虽然希望很是渺茫。

雅斯佩尔低下头，好像在思考。"好吧。"最后他回应说。好像他得出一个结论。"如果你感觉应该那样做，那我赞成。"他指着电脑。"来吧。"

但是，当我尝试打开电脑时，电脑没有任何反应。

"该死，没电了，"我说，"电源线一定就在附近。"

我从凳子上下来，拉开右手边的一个狭窄的抽屉。里面没有电源线。巨大的厨房里有很多的抽屉。但是哪怕要一个个抽屉找，我也要找到电源线。

"我来帮你。"雅斯佩尔说。于是我俩开始翻箱倒柜地找。"她几乎没有放东西在这儿。这可怎么住？"

我耸了耸肩。"叫外卖。"

我这边只剩两个抽屉还没看，宽扁的那个大概装着银器。另一个小抽屉是我们最后的希望。当我拉开抽屉，一个牛皮纸信封掉了出来，砸在抽屉面板上。我一动不动，盯着信封。上面赫然写着："戴维·罗森菲尔德，1月12日"。是我妈妈的字没错。时间是今年，就在她去世之前不久。我定了定神，又看了一次。我甚至晃了晃头。

我只想再一次闭上眼睛。希望当我睁开眼睛的时候，它们就会消失。"找到了吗？在抽屉里吗？"我听到雅斯佩尔的声音，才睁开了眼睛。

"唔。"雅斯佩尔似乎更迷惑了，"你是说找到这东西？"

我看向他，这时他已经把信封拿在手里，就像没有什么大不了，或许，要不是妈妈和瑞秋在过去五年一直还有联系，的确是没什么。

"你能看看里面装着什么东西吗？"我问。

"可以。"雅斯佩尔说完，又犹豫了。他从信封里拿出什么东西，眯着眼看。"是些照片，上面有一座建筑，还有几个人。你要看吗？"

"那是我妈妈拍的，"我的声音在颤抖，"它们不应该出现在瑞秋家。"

我望向照片，告诉自己：深呼吸。但是，我已经要喘不过气。我紧紧抓着柜子，想稳住阵脚。

"有可能是你爸爸给她的吗？"雅斯佩尔问。

"不可能。"我说道。

因为我根本不相信。最后，雅斯佩尔把信封递给我，但我仍然没有看里面的照片。

相反，我迅速走出厨房，拉开每一个我经过的抽屉——先是客厅书柜的，然后是门厅的。家具式的，嵌入式的。每一个有把手、能拉开的抽屉都不放过。

"你在找什么？"雅斯佩尔跟在我后面问。我知道，他想知道我在找什么，只有这样他才能提供帮助。

"我在找还有没有不应该出现在这里的东西。"我说。

也许瑞秋装 T 恤的抽屉底部的那个盒子就是。我朝楼梯奔去。

"你要去哪里？"雅斯佩尔朝我大喊。

"她抽屉里有一个奇怪的盒子。"我回答道。我跑进瑞秋的卧室，雅斯佩尔也终于赶了上来。我拉开瑞秋的抽屉柜，往她衣服下面摸。

我双手颤抖着拿出那个盒子。掀开盒盖的时候，我的手抖得更加厉害。

里面装着一枚戒指。一枚很普通的银戒指。但是当我凑近了，我看到戒指内里刻的字句，是一句情诗。我知道叶芝的那首长诗。因为整首诗是一段历史。我的历史。我爸妈的历史。我爸爸的结婚戒指上刻着上半句：我要和你一起乘风而去。而我妈妈的戒指刻着下半句：在山顶像火焰一样舞蹈。

而妈妈的那枚戒指，正在这里，瑞秋的抽屉里。

⌐ **20** ⌐

　　我们花了一些时间赶到哈佛庞大的校园，花了更长的时间才找到信息中心。我们走进信息中心的时候，晚上八点刚过。我们运气特别好，遇到一位友善的看门老奶奶，她似乎一点也不担心我们俩来历不明，问校队成员夏天在不在学校是什么企图。她让我们去马尔金运动中心，说有一些队员即使非赛季也可能去那儿训练。（她不赞成全年日程排得这么满，这一点很明确。）我们现在只希望莱奥夏天会来训练。

　　我们穿过寂静黑暗的校园，朝着——至少是我们认为的——马尔金运动中心的方向走去。我两次停下来问路，都发现我们走错了。也没走偏太远，但感觉不是一个好兆头。也许我们走啊走，只不过在兜圈子，根本到不了目的地。

　　雅斯佩尔并没有说在哈佛学生健身房找到莱奥的概率是多么

小。更不用说莱奥会带我们找到凯尔西的姐姐。进而，凯尔西的姐姐带我们找到凯尔西。进而，我们大家一起解救医院里的那些女孩。

离开瑞秋家之后，雅斯佩尔没说过一句负面或丧气的话。但是我能感觉到他的真实想法。我心里也在想，他会不会是对的。但是我觉得我们做得对的感觉更加强烈。我们必须做对。

路漫漫，我不幸有了很多时间去思考：我去世了的妈妈的戒指为什么出现在她以前最好的朋友的抽屉里？我很高兴自己拿走了它，现在我正用特蕾莎送给我的链子戴着它。照片我也拿走了，塞进了我肩上的托特包。至少把它们带在身上能给我一些心理安慰。就好像我刚解救了一点点的妈妈。

但是，从什么里解救她？戒指和照片为什么会在瑞秋家？思考这些问题的答案让我很难受。我唯一能确定的事情是：瑞秋有所隐瞒。

一次性手机再次响起时，我终于看到马尔金运动中心了。电话只可能是瑞秋打来的。只有她知道这个号码。因为没有语音邮箱，一次性手机响个不停。最后铃声停止了，没过多久，来了一条短信。

"你在哪？我刚刚回到家。"短信写道。

我深吸一口气，想把一次性手机扔了。但是我犹豫了，瑞秋会不会有爸爸的消息？她会不会如实回答我，我没法知道。我不知道瑞秋的动机。但是我至少得问问。

"你找到我爸爸了吗？"我写道。

"还没有。你应该待在我家，威利。你现在在哪儿？"

我想给她发一条恶心的信息，告诉她，我在她家发现了戒指和

197

照片。告诉她，我知道她骗了我一些事。可能骗了我很多事。这样的话，我可以一吐为快，但现在最好还是不要轻举妄动。

"办些事情。"我打着字，字在手机上缓慢地出现，"办完就回去。抱歉。"

"不行，不安全。快回来。"

我关上手机，尴尬地将它塞进口袋。"是瑞秋？"雅斯佩尔问我，"你真的觉得她牵涉其中？"

我是这样想的吗？不，不完全是。她做了坏事，欺骗了我，但不完全是那样。

"我不知道，"我说道，"但是感觉不太对劲。"

我们终于到了马尔体育中心。这座巨大的、闪闪发光的建筑里人声鼎沸。在总服务台内有一个体格魁梧、圆脸的孩子，头发垂在脸上，眼睛盯着自己的大腿，挡住了我虽然看不见，但我猜他盯的是手机。他旁边的柜台上有一个大牌子，上面很不巧写着：凭学生证入内。

"你好。"我对他说，但是他并没有抬头看我。

"有事么？"他不太友好地问。

当他终于看向我，我从他的眼神里读到了羞耻。没错。也许是因为我们撞见了他看色情片。但是他的羞耻感没有那么具体。可以肯定的是，他希望我们消失。不，等等。不对。他是希望他自己消失。

"我想找一下我哥哥，莱奥·贝科威茨。他是赛艇队的队员。"离开瑞秋家之后，我编了这个谎言。我觉得还挺真的。"家里有急事。但莱奥关机了，我联系不上他。我知道他常来这里。"

家里有急事，可能会让人觉得有人死伤，同时表述又足够含糊，避免后续追问。

"你有学生证吗？"男孩指指牌子。完全无动于衷。

"唔，我不在这里上学，怎么可能有学生证呢？"我语速很慢，想试着了解他的想法。试图找出获得他的同情和帮助的方法。但是我失败了。也许真的无计可施。"我就跑到力量房去看一眼莱奥在不在，或者有没有人见过他。马上就出来。真的是家里有急事。"

但是男孩再次摇头，又指指牌子。"没有学生证，不能进。"他说道，为自己和对工作的坚持而高兴。

"那能不能麻烦你去力量房帮我看看他在不在？或者，有没有人认识他？"我问道。这绝非上策，但是我已经别无选择。我得找到莱奥。

男孩不耐烦了。"没门儿。"

啊，我知道他为什么羞耻了。是因为体育中心的学生。运动员。有的时候，力量房里一些肌肉发达的大块头欺负他，愚弄他。后来他就一直低着头。或者一些类似的原因。我得利用这一点。我没有别的办法。

"你知道，他们要是发现你不让我去见莱奥，会怎么收拾你，"我说，"这可是家里有急事。他们可都是朋友，对不对？"

孩子抬头，瞪大眼睛，然后很生气。他现在面临的是双输的局面，他知道这一点。最后，他耸耸肩，就好像无所谓了。但是我能感觉到，其实他在意得不得了。

"好吧，但是只能你一个人进去，"他指指雅斯佩尔，然后指指墙边，"他在那里等。"

我冲雅斯佩尔点点头，然后赶紧前往装着玻璃墙的力量房，我怕男孩变卦。我在脑海里想象见到莱奥的场景。我对他说：我得找到你的女朋友，她的妹妹有危险。他肯定会有疑问。我就不得不告诉他真相，无论真相是多么的不可信。

透过大得夸张的力量房的玻璃窗，我看到十几个人在做力量训练，大部分是魁梧的男性，女性很少，但也有。

我害怕自己进去之后，房间里的人会停下训练。但当我走进去之后，根本没人注意到我。我环顾四周，看谁会是莱奥。真后悔没在瑞秋家多待一会儿，找到电脑的电源线，搜几张莱奥的照片。但那时候离开瑞秋家似乎重要得多，而且不使用雅斯佩尔的手机从未那么重要。

"唔，你们谁知道莱奥·贝科威茨在哪儿？"我大声喊道。

甚至没有人抬眼看我。我甚至怀疑自己没发出声。直到我看见很远的角落里有人对他的举重搭档晃了晃头。他的搭档转过头来。此人身着哈佛校队的 T 恤，人高马大，黑发贴在头上，看起来像灰色的。而且他看着像个混蛋。不是莱奥。至少我希望他不是。他离我太远，我没法读他。

"快走。"一个女孩出现在我边上。她肩宽个高，至少有一米八，身上几乎全是肌肉，穿着黄色短裤和亮绿色运动文胸。"快走。出去。"

见我不动，她便用一只手推我。

"嘿！"我还是喊了出来，尽管我有意压低了音量。因为引起骚动会把总服务台的男孩引来。"别碰我。"

但是当我们对视时，我感觉到了。一清二楚。她是害怕：害怕我。

"你不应该来这里。"当我们走出力量房，她生气地说。或者她故作生气。因为当她停下来看着我的时候，我感觉到的是她的恐惧，而不是愤怒。"没人告诉你吗？"

谁？有各种可能。但无论是谁，都很不妙。

"我不知道你在说谁——"

"行了。"她边说边冲我的脸挥手。就这样，她所有的感受都消失了，成了一堵砖墙。就像凯尔西一样。

"你阻挡我读你。"我说。不过这话我应该早说，现在住嘴比较好。

"你能闭嘴么？"她很恼火。或者说我猜她很恼火。现在我什么都读不到，只有一堵墙。"你去德莱尼。"她见我不解地望着她，翻了个白眼，说："德莱尼酒吧，莱奥在那里打工。到了之后别问任何人他在哪儿。吧台就他一个扎马尾的。"她退了一步，上下打量我，然后摇了摇头，"说真的，你得把嘴闭好，别烦这里的任何一个人。"

说完，她转身回了力量房。我透过玻璃窗，看见穿着队服的那个人在房间的另一边朝她喊什么。但她只是举起中指来回应，这个举动引得那个人的举重搭档大笑。

我们在校园里问了五个人，他们都不知道德莱尼在哪儿。雅斯佩尔甚至打开了手机上的地图应用。屏幕上立即显示，查无此地。

　　"现在怎么办？"雅斯佩尔问，他关了手机，并放回裤子口袋，"也许这酒吧根本就不存在？"

　　"存在的。"我说，虽然我也不知道这是我的希望，还是我的直觉。

　　我们在校园里继续走，跟学生打听德莱尼在哪儿。尽管这种做法和闭嘴刚好相反。每个人都回答说不知道。但是我们错了。问那些独自一人、在夏天抱着书的学生，是问不出来的。

　　后来我们在校园的另一头发现了更合适的对象：一群酩酊大醉的人。

　　"问他们，"我用手指着那些人，对雅斯佩尔说，"快去。"

　　果然，我们拦下他们之后，得知他们正从德莱尼回来。

　　"沿着这条小路走到底。"一个女孩指着天说道，就好像路在她的头顶上。她厚厚的白金色头发编成两条长长的辫子，由于站不稳，辫子来回摇晃。"酒吧的门上有一个$\frac{1}{2}$，$81\frac{1}{2}$，$52\frac{1}{2}$，还是$96\frac{1}{2}$，我他妈的记不清了。你们谁记得？"她的朋友们咕哝着，都说记不清了。"反正门上有一个$\frac{1}{2}$，没有招牌。那儿真是棒极了。"她故意点头，然后把一根手指放在我的鼻尖，"但是你们有得找了。"

　　最后，我们找到了，那是康科德巷的一栋非常古老的、漆黑的楼。它比独栋砂石楼要宽，但是比公寓楼要窄。那个女孩说得没错：在那扇门的中间，有一块失去光泽的黄铜牌子，上面写着$89\frac{1}{2}$，是唯一的一块牌子。有窗户，但是黑黑的，也许里面有帘子。我过去推门，希望它是锁着的。但是门一推就开了。里面还有一扇门，也没有上锁，而在那后面是一个挂着帘子的前庭。我停在那里，能听到一个声音在奇怪地自言自语。

我掀开帘子走进去，发现里面其实有很多人，他们都面向最远处的舞台站着，都保持安静。地板上满是木屑，墙壁上挂着音乐家的黑白照片，漆成褪色的红色。我踮起脚尖，看见麦克风前有一个人。他个子不高，戴着棒球帽，穿着宽松的毛衣，声音超乎想象的自信。也难怪，有那么多人在听他说话。但是我一句也听不清。我不踮脚，只能看到一个个的后背，把他的声音全挡住了。

我的目光迎上门边高脚凳上一个戴耳环、穿黑色皮背心的强壮的光头。他绝对是保镖。他眯着眼睛看我们，好像正在思考我们值不值得他费事赶出去。

"走吧。"雅斯佩尔说。他也注意到了那个人。

我们挤过密密麻麻的人群，往舞台走，越往里面人越多。我们在吧台的旁边终于找到一角空间，但不巧的是就在保镖眼皮底下。旁边的一个高个儿女孩已经上台，她穿着膨纱花纹裙和牛仔靴。

我扭头看向吧台，那里有一个在忙活的调酒师，打开啤酒瓶，接过皱巴巴的百元大钞。我觉得他不是莱奥。他看上去不像大学生，年龄可能 30 岁都不止。此外，他没有马尾辫。

我突然意识到这有多么危险。我本来是找莱奥的，穿绿色运动文胸的女孩的一句话，让我变成在德莱尼酒吧里找一个扎着马尾的人。理论上，那可以是任何人。但是实际上，有一点是肯定的，她阻挡我的方式和凯尔西完全一样。这一点不假，对我来说就足够了。不，也许还不够。但是，我知道的就只有这么多。

最后，我发现吧台的另一边，调酒师的对面，有一个人。他弯着腰，从架子上拿玻璃杯，不像是调酒师，像服务生。当他终于站起来，我看到他浅棕色的头发，果然扎了一个很短的马尾辫。吧台的灯光照出他清秀的面庞。是莱奥，肯定没错。

"这些人欣赏力有问题吧？"雅斯佩尔低声对我说。他在听舞台上的女孩唱歌，女孩每唱出一句愤怒的歌词，脸就更红一点。"她只是在大喊大叫。"

"走吧。"我说着，注意力转向莱奥。戴眼镜的他弯腰从吧台出来，朝我们后面走去，可能是去厨房。我看着他消失在门后，而弹簧门来回摆动。"我想我找到他了。"

我们好不容易挤过人群，到了那扇弹簧门前。我屏住呼吸，推开门，特别大的一声吱呀，吓了我一跳。但是，莱奥——但愿他是莱奥——没有转身，没有抬头，只是继续做手上的事情。从洗碗机里拿出干净的玻璃杯，换上用过的玻璃杯。但是他已经警觉。我能感觉到。

"你们不应该来这里。"最后他启动洗碗机，说道。他还是没有朝我们的方向看。他紧绷绷的。但是我觉得他不是真的生气，至少目前还没有。话又说回来，我们并没有对视，我有这种感觉定有原因。"你们应该在巷子里等。我午夜的时候清场。"

就好像他对我们为何而来一清二楚。也许穿绿色运动文胸的女孩告诉他我们会来。

我低头看手表。"现在十点还不到，"我说道，好像重点是我们将不得不等上两小时，"我需要找到你的女朋友。"我小心地说，准备迎接他的提问。

"哦是吗？"他问道，并从洗碗机里拿出一个有缺口的玻璃杯，扔进了垃圾堆。但那不是一个问句。"我没有女朋友。"

"我有东西给她。"我从包里掏出凯尔西的《1984年》，递给他。

他终于转过身来。当他看到书，目光立刻转向我。而且，哇，他生气了。他向前一步，从我手里夺过书，我觉得雅斯佩尔都有点怕了。莱奥翻着书页，然后又看着我。是的。他怒不可遏。

"你到底从哪儿弄来的？"他问我。或者说责问我。

"凯尔西给我的。"我说，准备好夺门而出。我没有预料到会这样，也不知道他这样的反应是为什么。我更加不解了。"这就是为什么我来这里。我和她——"

"等等，你说谁？"他问道。困惑和怀疑替代了愤怒。

"凯尔西，"我说，"你可能不相信，我俩在同一家医院，"我说到后面，尾音上扬，就像在发问，此时我胃里翻江倒海。难以置信的事情，不管怎么说都难以置信。"反正凯尔西给了我这本书，因为我俩心灵相通。"含糊其辞，我要含糊其辞——不提异类，现在还不能提。"后来她帮我逃了出来，而——"

"等等，什么时候？"

"什么什么时候？"现在他的担心超过了愤怒，应该说吓坏了。

"你们什么时候在同一家医院？"他举着书，靠近我。雅斯佩尔也走上前来。

"唔，今天上午，"我说，"凯尔西帮我逃了出来。本来我俩应该一起出来的，但是我没见到她，所以我想看看加布瑞尔有没有她的消息。我怕她还在医院。如果是这样，我们应该回去救她。"

"那很难。"莱奥说。他的声音冰冷而无力。恐惧，那是他唯一的感受。巨大的恐惧。

"嗯，我知道很难，但是——"

"凯尔西死了，"他说，绝对的，确凿无疑的真话，"她死了几个月了。我不知道早上和你在一起的是谁，但肯定不是凯尔西。"

21

　　我和雅斯佩尔站在德莱尼旁边的巷子里，介于酒吧前的康科德巷和莱奥让我们等他的地方之间。我的头嗡嗡作响。凯尔西死了吗？我犯恶心。因为那个自称是凯尔西的女孩和这个叫莱奥的人都有可能骗我。或者也许这是我希望的。

　　至少莱奥同意到巷子见我们。不是说他乐于这样做。他也一直没说任何其他信息，哪怕我试图向他施压——我的确试过。

　　"我的意思是，也许凯尔西没有死。也许她失踪了？"当我们还在德莱尼的厨房的时候，我问莱奥。那个时候，他还没答应到巷子见我们。"我和她在同一家医院。这是事实。"

　　莱奥只是又说了一遍："她确实死了。"

　　他不像在说谎，一副深信不疑的样子。不过我知道，那并不代表他说的是对的。

我们离开厨房之前，莱奥把凯尔西的书塞进洗碗机上的一个高架子里。我想要回书，但是这样的局面下似乎不好要，特别是他已经同意去巷子见我们。

在等莱奥的时候，我从口袋里掏出瑞秋的一次性手机，开了机。我并不想跟她说话，但是时不时看一下，才能知道有没有爸爸的新消息。虽然我非常不信任她，但是我相信起码在爸爸的事情上她会坦诚对我。

我坐在路边，短信一条接一条地进来。八条未读短信，全部来自瑞秋，一条比一条生气，意思都是：你到底去哪儿了？没有爸爸的消息。

"哦，OK，我们现在坐下？"雅斯佩尔问。他蹲下来，坐在我的旁边，然后靠过来看短信。"也许她这样做是有原因的，"雅斯佩尔说，当我生气地瞟了他一眼，他举起双手，"我就随便说说。"

"为什么帮她说话？"我轻声问，"她讨厌你。"

"哎呀，多谢，"他说，"我不知道，但也许就是因为我不知道。她为什么讨厌我？"

"我不知道。"我盯着手中的一次性手机，"我不知道她会做什么，也不清楚出于何种原因。"

而这绝对是实话。我是不是真的觉得，瑞秋与我妈妈的死有关系？不，不是。但是妈妈曾经说过，瑞秋为了钱做过坏事。而且我现在知道，一切皆有可能，有些人什么坏事都做得出来。

"你知道吗，我在进医院之前，终于去警察局看了我妈妈的事故档案。"我说道。

"真的？"雅斯佩尔问道，"我还以为他们一直不让你看。"

"他们后来让了。我后悔去看了，因为那和我想的完全不一样。"

"什么意思？"雅斯佩尔问道。

"他们找到了一个装伏特加的酒瓶。看起来我妈妈在车祸前一直在喝酒。"我说道。突然间，一个可怕的感觉向我袭来：我忽略了重点。就像我在桥上找雅斯佩尔，那些警官一点点靠近我时的感觉一样。"而我想，我——"

我失声了。所幸雅斯佩尔没有说任何烦人的、空洞的话，相反，他身子靠近我，一只手环住我的肩膀。在我反应过来之前，我已经把身子靠着他蜷缩起来。

"这给我一种感觉，我好像根本不了解她。"

"你可以错，"他说着，把我抱得更紧，"只要不是事事都错。"

一瞬间，我几乎相信了他的话。或者，我想去相信。那有着特殊的意义。

突然，巷子的尽头传来一声刺耳的口哨声。当我们循声望去，看到莱奥冲我们挥挥手，然后消失在转角处。

我快步往楼边走，当我终于赶到转角，巷子几乎一片漆黑，而且比我预想的要窄，堆满了垃圾桶和垃圾箱。我看到莱奥和另外一个人。但是他们在阴影里。我希望那个人会是凯尔西的姐姐。

"说，书你是从哪儿弄来的？"莱奥说道，"讲清楚，否则我们这就走。"

终于，另一个人从墙角走到了有微弱光线的区域。虽然光线很暗，但是我还是认出了她：瑞尔。Level99 的瑞尔。我的心一沉。这是怎么回事。

"你怎么会在这里？"我问她，感到又一次被背叛。

"这问题应该我问你，"瑞尔厉声说，"我的书怎么会在你那儿？"

"你的书？"

"是啊，我的书。你从哪儿弄来的？"

"凯尔西给我的。"我说，但我已经有一种非常不祥的感觉，我知道我想错了。想错了太多。我太迟钝，现在才意识到。"瑞尔是加布瑞尔的简称？"

"非常好，"瑞尔平淡地说，然后又缓缓地拍了下手来强调，"莱奥已经告诉你，凯尔西已经死了。所以，快说，书从哪儿弄来的？老实交代，否则我饶不了你。"

"我在医院里遇到一个女孩，她自称是凯尔西，我没理由不相信她，"我说，"书是她给我的。她还说要和我一起逃出去，但是后来我找不到她了。她也很会阻挡，就像这本书里描述的。我以为她是凯尔西，真的，我发誓。"我知道我也许应该就此打住，但我做不到。"我的意思是，有没有可能——"

"凯尔西死了！"瑞尔大喊。现在我很容易读出她的感受——怀疑、愤怒和痛苦。那么强烈，让我无法呼吸。"我知道她死了，是因为我是那个幸运儿，我发现了她。"她用一只手指用力指着自己的前胸，"我看到她的皮肤变成蓝色。手臂上扎着一根针。"

瑞尔说"蓝色"时流露出的那种恐惧让我感到燥热和恶心。那一刻我想到，几周前我可能还会把那种感觉误当成自己的。现在，我可以分清其中的差别。但是，它仍然非常可怕。

"我很抱歉。"我发自内心地说。希望她能感受到。

"你应该抱歉。"瑞尔说，当我再想读她，又遇到了那种怪异的平淡的鄙视。那一定是她的阻挡方式。

"是的，和书里写的不同，"她说。因为她知道，我在读她。她可能对我在想什么一清二楚。她也很擅长这个异类技能。也许不如凯尔西厉害。但我知道肯定比我厉害。"如果你的阻挡是把自己变成一堵墙，那也太明显了，对吗？至少骗不过别的异类。如果用另一种感受来掩饰呢？就聪明得多。但是这招没有写在那本书上，因为是我最近才想到的，在你爸爸杀了凯尔西之后。"

"什么？凯尔西不是我爸爸杀的。他不会杀任何人。"

"他害死了凯尔西，所以在我看来，两者没有区别。"

"你在说什么？"

"如果他早些告诉凯尔西更多的研究，告诉凯尔西在她的身上发现了什么，我可能还能帮她。也许她就不用通过毒品和一大堆别的狗屎来麻痹自己，最终吸毒过量而死。"但是，瑞尔内心深处不认为是我爸爸的错。我不知道她是否故意没有阻挡我。这一刻我能读到她的感受，她的内心只有悲伤和内疚。"所以，是的，当昆汀来找凯尔西，并告诉我你爸爸在掩盖什么的时候，我抓住机会，帮他毁了你爸爸的数据。顺便说一下，我这样做是为了阻止他发横财。"

但是瑞尔撒谎了，我能感觉到。昆汀没有骗她。她之所以愿意帮忙，是想要报复我爸爸。

"而与此同时，你的帮忙害死了凯西。"雅斯佩尔说道。

"你们的朋友死了，很惨，"瑞尔说，"要不是你爸爸隐瞒真相，这一切怎么会发生！"

"他是想保护我们。"我说，尽管其实爸爸可能更多的是想保护我。

"他做得真棒。"她说，她的声音传递出比鄙视更糟的东西。她想要我去感觉。

"反正现在他被人抓走了。"我说。说完，我意识到那是最好的一种可能。"或者出事了。也许被杀了。所以你应该高兴了。"

瑞尔丝毫不吃惊。相反，她耸耸肩。

"他们的想法太神奇了，他们以为能瞒天过海，"她的语气像是受到了侮辱，"他们以为能瞒多久。"

"那么，我遇见的那个女孩到底是谁？"我问，"你的书怎么会在她那里？"

"我不知道，"瑞尔说，但突然又想到什么，"等等，她长什么样子？"

"黑色的长卷发，"我回答说，"对了，她的手腕内侧文了一个无穷大符号。"

瑞尔看向莱奥，然后又摇摇头说："我早应该想到是她。"

"谁？"我问道。

"你们一共三个人，对吧？"瑞尔继续说，"在你爸爸的研究里，有三个原始异类。是他打电话来提醒凯尔西小心昆汀的时候告诉我的，为时太晚。"我很高兴爸爸至少打了电话。"那个有文身的女孩是第三个异类。我可以向你保证，如果她在那家医院，那一定是因

212

为她想出现在那儿。"

警卫。"我看到你也和那个警卫说话了。"那正是拉蒙娜对凯尔西说的话。那句话，我并没有多想。不过也许就是那个时候，凯尔西通过狼进来，而我们其余的人想出去。

"你怎么认识她的？"我问瑞尔。

"几周前，她来我们家，想让凯尔西和她一起做什么事，"瑞尔说，"当她发现凯尔西已经死了，我就成了她的第二人选。就好像我正想逃跑，她说什么我都会照做。听起来像是昆汀也曾经想利用她。但是她并不打算帮助任何人，她只管她自己。不过她读人读得真好。这一点我得承认。她肯定是来这儿的时候趁机拿了这本书。顺便说一句，书里有些狗屁东西是她加上去的。我们从来没有写过什么作为异类。那时候我们还不知道异类是什么。"

"那她想让你做什么？"我问道。你认为你也是一个异类吗？这才是我真正想问的。但我已经知道答案是肯定的，冒险惹怒她似乎毫无意义。

"鬼知道。我没有细问，"瑞尔说，"可能是异类'赚钱'的一些方法吧。她一直在和我说如何'互助'，她一定以为我很蠢，实际上我觉得傻的是她。跑来跑去，以为每个人都想要钱？我不稀罕钱。"

"你追求的是什么？"我问道。

她思考了一会儿。然后牢牢盯着我。

"正义。"她最后说。我感到一闪而过的失望，好像她已经知道她失败了。

"瑞尔，我们该走了，"莱奥紧张地四下张望，"时间不早了。现在这种情况，我们不能待在这里。"

"可是……"我说道。请不要走，这是我想说的。不过我心里清楚，恳求对瑞尔不起作用。"其他的女孩。她们还在那家医院。"

"瑞尔，"莱奥不耐烦地说，"我们该走了，说真的。"

"我知道。"瑞尔说着，向莱奥走去。两人沿着巷子走了，但是没走几步，瑞尔就停了下来，并转过身来，面向我："好了，别像笨蛋一样站在那里了，走吧。"

22

　　莱奥开车载着我们离开酒吧，驶出剑桥。很快，我们奔驰在
I-93 路上，把波士顿留在了身后。距离越来越远，灯光越来越弱，
这让我略微放松了一些。尽管我知道，更大的麻烦在前面，而不在
身后。

　　雅斯佩尔坐在前座——莱奥坚持让他坐那儿——他扭过头来看
我。瑞尔坐在后座，我的旁边。之所以这样安排，因为他们有所防
备。防备什么我不清楚，但我知道最好别多话。

　　雅斯佩尔担心我，也担心自己。我能特别清楚地感觉到，就好
像他正在对我大喊："我很担心！"他希望我们要与这些厉害的骗子
同行这个决定是对的。我也希望如此。

　　"我们这是去哪儿？"当我们在沉默中行驶了不止一刻钟后，雅
斯佩尔问。

"我爷爷奶奶在科德角有一栋房子，"瑞尔说，就好像这解释了一切，"我们不能待在剑桥了。多亏你们，引来了肯德尔警官——"

"不是我引来肯德尔，"我说，"是他让我来的。"

"不管了。"她说道，但是声音更柔和。就好像她知道两者的区别，甚至相信了我，但是不准备改变对我的总体负面的评价。"还来了一些人。一些我们不认识的人。会是巧合吗？我认为不会。我们在剑桥时间紧迫。"

瑞尔把头靠在车窗上，望着窗外。

"你现在为什么要帮我们？"我问。我想不通她为何改变主意。

她闭上了眼睛。耸耸肩。"因为我有这个能力，"她说道，一瞬间，她让我读到她的内疚，"因为你们需要我帮忙。"

我醒来的时候，有点晕头转向。我不知道出来多久了，但我们现在正行驶在伯恩大桥，大桥高高拱起在水面上。幼小的时候，我觉得那座大桥就是海角和现代的分界线，生活和夏季狂喜的分界线。而现在，我不知道在另一边等我的会是什么。

没过多久，我们开上 6 号公路，这条公路沿海岸线而建。我也认出了它。我试图留住自己对这个特殊的地方的记忆——沙滩，干松树，寄居蟹，在轨道上骑行——但是这种感觉已经消失。

几分钟后，我们转到一条窄得多的铺面路上，很快又转到泥路上，开始上下颠簸。又过了几分钟，我看见水从前方树木的裂隙侵入。我们猛地撞上一座木桥，汽车轮胎重重地砸在木桥上。我咬紧牙关。

"这是私人小岛中的一个。"瑞尔说，就好像我们都在这样迷人的地方待过很久。

车在桥的另一侧停了下来。当我们沿水拐弯之后，一栋巨大的黑色房子终于出现在眼前。月亮照亮海湾，我看到房子高耸在小岛的一角，门廊有一排排柱子，庄重大方。我们距离房子还很远的时候，莱奥就关掉了汽车的前大灯，然后把车停在车库最远端一处阴暗的地方，那里很隐蔽。

"我们必须从后面走，"瑞尔说道，"不要开任何灯。邻居要是觉得有人在这儿，会报警的。特别是邻居觉得是我的话。"

"你不是说这是你爷爷奶奶家么。"

"严格来说，是我爷爷家，但他讨厌我。我奶奶喜欢我。"她说，"但是，没人关心奶奶怎么想，因为她几年前离开了爷爷。奶奶现在住在斯科茨代尔。我爷爷冬天的时候住在亚利桑那州。在我妈妈小的时候，每到夏天，他们就来这所房子避暑。邻居们迷恋我爷爷，爷爷想知道的，他们都会跟爷爷报告。老实说，爷爷对他们并不好，所以我不理解邻居们为什么迷恋他。但是呢，爷爷是政治家，招人喜欢是他的专长。"

房子内饰更加漂亮，至少没开灯我能看到的东西是这样。满月的亮光从一扇扇窗口透进来，照得房子格外亮堂。但每个人的脸基本上是黑的。

厨房是开放的，很宽敞，装有白色的抛光柜，闪亮的不锈钢设备，和很多很多的花岗岩。在中心的料理台上还有一个巨大的花瓶，里面是精心摆放、力求自然的白色花束。花使得房间有了一种甜蜜的夏日味道。金银花。我记得妈妈还活着的时候，我们常年租住的小屋外就种着这种花。

"这里没有人，为什么会有花？"我扫了雅斯佩尔一眼，问道。我能感觉到，我们置身于荒郊野外让他不安。而事实上，在如此封闭的房间里，我比他更加紧张。"你确定这里没有人住？"

"我要去上个厕所。"莱奥找了个理由，走向更黑的后走廊。

他肯定来过这里，没开灯他就知道怎么走。而且和他擦身而过的时候，我觉得一阵恶心。他也不希望我们在这里。准确来说，是不希望我在这里。离开酒吧之后，他没有与我对视，但是即便如此，我也能感觉到他有多不喜欢我。他不赞成瑞尔带我们一起。

他爱她。这一点我能感觉到。他只想保护她。

"相信我，这里没有人住，"瑞尔说，"我爷爷暑假的时候才会来，要到 7 月 15 号了——我特意看了。而且我爷爷的秘书说，他这一整周都有事。至于为什么有花？谁知道呢。爷爷的第二任妻子也离他而去之后，他娶了一个 25 岁的女人。他可能给那个女人做了脑叶切开术。要不然，那女人怎么会和他在一起。她可能连为什么一直有花送来也搞不清楚。"瑞尔拉着两个高大的冰箱的门，站在货架的灯光下，"我的意思是，看看这些食物。"她拿起一个盛着果酱的装饰小罐子，"即使没人看，也要买好看的。不然有钱的人会化成一缕青烟。"

这种"我讨厌有钱人"是在做样子。不，不是做样子。是一种努力。瑞尔内心相信，通过努力，她会变成不一样的人。

"所以你爷爷不赞成你加入 Level99？"我问她。不知道为什么，我总觉得了解她和她爷爷之间的事情很重要。不，是觉得了解她爷爷很重要。

"嗯。但实际上他厌恶的是我是女孩，还是很有主见的女孩。"她摇摇头，我能感觉到她有多么讨厌她爷爷，"我爷爷满嘴'家庭价值观'，但他自己怎么做的，道德吗，他老婆比我都大不了几岁。他用自己的钱去控制女人，直到她们挣脱、逃跑。真是恶心。真的，他恨所有的女人，因为他老是被她们甩。你还记得几年前'真正的攻击'那件事吗？"

"嗯，记得，"我依稀记得有政客的可怕言论用过类似的字眼。"那人没被弹劾之类的吗？"

"不。活得很好，在海角还有一栋房子。"

"那人是你爷爷？"

"是的，等着瞧吧，看他知道异类只可能是女孩之后是什么反应。"她摇摇头，感觉已经迫不及待，"跟他比，昆汀正常得很。要是知道有女性拥有比自己更强的能力，我爷爷会彻底发疯。我是说，更疯狂，他早已发疯。而他手握权力，更何况很多人追随他。我想他未来甚至有可能去竞选总统。那个时候，我们就只能听天由命了。"当瑞尔从冰箱门后出现，她怀里捧着面包和花生酱，她用脚关上冰箱门，"你们饿不饿？"

听她说完她疯狂的爷爷，我更反胃了。但我也许应该吃点东西。瑞尔胃口尚好，也许是件好事。她讨厌她的爷爷，这一点无须怀疑。但我认为瑞尔并不怕他。

"嗯，谢谢。"我说。她马上递来一个三明治。她还递了一个给雅斯佩尔，当我和雅斯佩尔对视时，他皱起眉头：我们在这儿干什么？那是他的疑惑。你确定我们应该待在这儿吗？这些都是现实的问题。但是，在瑞尔告诉我一切之前，我不能走。看着她在黑暗里分发三明治，然后爬上柜子——去他妈的房间规则——我感到一阵刺痛。有些事情她没有说。一些重要的事情。她为什么改变主意？她为什么让我们同行？

"我告诉你的东西，你查了吗？"我问她，"医院，还有其他的？"

瑞尔点点头，然后又咬了一口三明治。最后，她从柜子上起来，拿出笔记本电脑，放在柜子上。黑暗中，她的电脑屏幕格外明亮。

"要是没核实你的故事，就不会让你来了。但是我只能告诉你，不好查。波士顿总医院的服务器上什么都没有。就好像根本没有发生过这件事。"她招呼我过去，切换了电脑屏幕上的页面，"我得先通过大都会医院找到科尼利亚博士，然后黑了他用来沟通这件事的邮箱。顺便说一句，里面的邮件只字未提国家卫生研究院。然后，像你说的，我搜索阿尔瓦雷斯，然后发现了这个……"

我走近笔记本电脑，开始读电脑屏幕上显示的邮件。那是科尼利亚博士写给阿尔瓦雷斯医生的邮件。

"读出声来。"雅斯佩尔喊道。他仍然靠在墙边，双臂交叉，好像害怕走到房间中央会被什么东西蒙蔽似的。

"谢谢你的关心和你的严谨，阿尔瓦雷斯医生，"我开始读，"我很高兴团队里有这么尽职尽责的一员。但是，我们对你提出的问题做了评估，认为没有实质用处，决定不做进一步审查。请不要再提出异议，否则我们只能终止与您的合作。真诚的，科尼利亚博士。"

"事实上，那是他的回信。"瑞尔说着，走过来，把屏幕向下滚动到原始邮件的位置。

我继续读："医疗上没有理由收治这些女孩。你们把她们关在波士顿总医院，好做调查来谋取私利，这是不道德的。'熊猫'甚至潜在的链球菌感染现在证据不足。如果你们不立即将有限的证据告知她们的父母，并给她们离开的权力，我会去告发你们。"

"下面是最后一封邮件，"瑞尔说着，翻了个白眼，"阿尔瓦雷斯医生，经决定，你将不再担任研究助理一职，医院解除与你的劳动合同，立即生效。收到此消息，请立即向医院安保报告。如有发现您违反保密协议，我们将诉诸法律。"

这才是为什么阿尔瓦雷斯医生走了，为什么她如此沮丧：她被解雇了。

"我找啊找，最后找到了这个科尼利亚博士的邮箱地址。"

她又敲了几下键盘，一个邮箱地址跳了出来，后缀是 @dia.mil。

"这是什么后缀？"我问道。

"是国防情报局的后缀，"她说着，又轻敲了一下键盘，然后停下来并指着屏幕，"这是他们的网站。"然后，她读道："我们战士、国防政策制定者等提供军事情报。战士？我想问，有这个词吗？"

"我爸爸认为，军方有关于异类的研究项目，与他的研究类似。"

"感觉可能他们有领土意识，"瑞尔说，"哦，说到你爸爸……"

她走向自己的背包，并从里面翻出一张纸，递给了我。

"这是什么？"

"这是科尼利亚写给哈多克斯医生的第一封邮件里的附件，"她回答说，"他们好像就是这样找到你们的。至少是这样找到其他女孩的。你爸爸太擅长搞丢重要信息了。"

纸的顶部有一行手写的字："异类探索二期，不可公开或散布。"这是我爸爸的笔迹没错。但是，这其实是一张打印出来的照片，不是纸张原件。

"有人闯进了我家。"我说。不过我知道时间对不上。当时我们都在医院。能拿到这张纸的人，肯定很早以前就拿到了。

但我可以肯定的是，爸爸不会向他们透露我们的名字。我不能再受人诱导怀疑爸爸，就像那时候在营地被昆汀牵着鼻子走。这件事上，爸爸和我们一样是受害者。

"也许是因为我们都是谢巴德医生的病人？"我继续说。我本来在想是否要先解释谢巴德医生是谁，不过没有必要，因为瑞尔一定已经知道了。另外，我无法证实这一点，我只知道特雷莎的心理医生也是谢巴德医生。

"谢巴德医生？"瑞尔问道，"我不认识。但是我肯定地知道，你爸爸也在校园里打广告，为他的随访研究招募志愿者。"

然后她的目光转开了。不过，要是她真的为窥视我们电子化的私人生活而羞愧，那么她掩饰得很好。

"这些都没说他们想对女孩们做什么，"我追问道，"或者一开始他们关她们做什么。你有什么发现吗？"

"嘿，短短几个小时，搞清楚这么多东西已经很不容易了，"瑞尔为自己辩解说，"这些人想干什么，又不会写在自己脸上。后来，我就接到莱奥的电话，说有个女孩拿着凯尔西的书，这分散了我的精力。"

"而且她又不是为你工作，"莱奥进来，厉声说，"要不是你爸爸试图掩盖一切——"

"我知道，他搞砸了！"我大喊，"我又没有为他说话！但是那和这没有关系。"

"而且她不欠你任何东西，"莱奥继续说，"她没有义务。"

但是我满脑子都是：有，她有义务。她是异类，所以她有义务帮助其他异类。但是我没有说出来。也许这样想不对。而且我怕这话说出来，会惹怒瑞尔。

"听我说，我爸爸肯定犯了错，被昆汀利用了，如果你们跟我爸爸说"——我说到如果的时候停顿了一下——"他肯定会说错全在他自己。但他是想保护我——而且他以为他是在保护凯尔西和那个给我你的书的女孩。他怕看到现在发生在我们三个身上的这一幕。但是他没有隐瞒任何东西。他想要把这一切公之于众。他去华盛顿特区，就是为了见国家卫生研究院的人，申请研究经费和——"

国家卫生研究院。弗雷德里克·米切尔博士。这一点我还没有告诉瑞尔，她还没法去查。

"然后？"瑞尔见我突然停止，问道。

"国家卫生研究院的弗雷德里克·米切尔，"我说，"你能查查他和科尼利亚博士之前的事吗？肯德尔自称是他。我觉得可能会有联系。"

一种预感。一种直觉。好在我不用跟瑞尔解释。

她点了点头，手指在键盘上快速地移动。"进入国家卫生研究院的系统比进入国防部更加困难，"她说道，"不是因为安全级别高。而是因为国家卫生研究院的系统太老旧，几乎算不上计算机。可能要等一会儿。"

我站在她的身后，看着她噼里啪啦敲键盘。

"一共有多少人？我指的是异类。"几分钟后，我问她。她停了一下，抬起头。这次她没有再阻挡我。我读到她既紧张，又抱有一点希望——希望她在失去凯尔西后，会在我身上发现她一直找寻的东西。"我在体育馆遇到一个人，她让我觉得经常有人找莱奥似的，我猜这意味着那些人经常找你。你发现了其他异类，对不对？"

瑞尔转向电脑。

"我意识到昆汀是个混蛋，于是在离开营地之前，我把你爸爸的东西——背景研究、样本测试复印件等等，能拿走的都拿走了。在莱奥认识的一些学校里的心理学天才的帮助下，这些资料足够我们构建一个基础的异类自检。反正不像搞学术——我们有一个免责声明。但是到目前为止，似乎很准确。"

"你用它做了什么？"

"发布在网上。"她为此骄傲，但是同时也有一点不安，"你现在可以搜索一下'感觉测试'，就能找到它。"

"这有什么意义呢？"

"人们有权利知道他们是谁。"她说，我没意识到这一点似乎让她震惊。而且我能感觉到她的犹豫（尽管她试图阻挡我）。就好像她对自己做过的这些事情没有十足的把握。"而且，如果将来要开战，我肯定要做好构建一支军队的准备。"

"开战。"我说道。我不是在问她，而是在考量这种可能性。这是我不愿意看到的。"我能问你一件事吗？"

"问吧。"瑞尔说道。

"你觉得异类除了能读人的感受，还有别的超能力吗？"

"当然有，"她毫不犹豫地说，"有很多。"

"你有的时候能感知将要发生的事吗？"

瑞尔转身，牢牢盯着我："一直能。"而且我感觉到了：那正是我在看《1984 年》里的笔记时特别羡慕的，瑞尔和真的凯尔西之间心灵相通。"那是最糟的部分，我明知凯尔西会遭遇不测，却没有阻止她。"

异类规律 5：勤加练习，我们不仅能读出人的感受，还能感知将要发生的事。

"但是能够感知坏事即将来临，不等同于能够阻止坏事发生。"我说。

"但是应该等同，"瑞尔说，"有可能等同。"

我在她身边站了几分钟，然后她又用了几分钟穿越一个电脑屏幕迷宫。

"等等，我想我有新的发现。"她最后说道，更加专注地盯着电脑屏幕。

"发现什么？"雅斯佩尔凑了过来。

"我发现了弗雷德里克·米切尔，"她说，"但不是在国家卫生研究院的系统里，而是从科尼利亚的邮件里。他订购了一大批吗啡，送到波士顿总医院的多亚翼楼，"她说，"给弗雷德里克·米切尔的项目用。"

"女孩们就被关在多亚翼楼。"

"如果她们都没生病，"雅斯佩尔问，"那么买那么多吗啡干吗？"

"也许下一次医院起火，"我说，"就没有人能逃掉了。"

23

"你能让我回去吗？"我问道，目光还盯着电脑。

"回去？"瑞尔问道。

"回医院去，"我说，"我需要从锁着的防火门回去。多亚翼楼是新建的，超高科技，所以安保可能也做得很好。"

"唔，"瑞尔说着，眯起眼睛开始打字，"新建的确可能更好。可能用的是在线安保。"她敲击键盘的速度加快。没过多久，她找到了一篇讲各种建筑的安保的文章，包括一家名为"前沿"的安保公司。"可能要花点时间，不过没错，我想我很有希望劫持这个系统。每个人都觉得高科技更好。"她摇摇头，"但你知道更好的其实是什么吗？是组合锁。"

"所以，你可以打开通到外面的防火门？而且你还得打开特定楼层的门。它们也锁上了。"

瑞尔点点头说："大概要花几个小时才能打开，而且不能打开太久。你动作必须得快。"她抬头看着我，我能感觉到她有信心。我也能感觉到她现在多想帮忙。"不过没错，我能办到。我们现在应该定一个时间。不能来回地发短信，这样最容易被人发现。"

我看了看时间。现在差不多两点。"凌晨四点半怎么样？"我问道，"我赶回波士顿要花些时间。而且夜间行动起来容易些。"

"那就说好了，凌晨四点半，"她说，"但那将是你唯一的机会。"

"然后呢？谁来收拾残局？"雅斯佩尔问，他又退到墙边，双臂再次交叉，"威利，你想想你之前逃出来有多困难，那个时候你还是一个人。你觉得你有能力救一大帮女孩出来吗？你为何不把这些邮件发给报社或者电视台？让他们报道出来。"

"我的意见仅供参考，"瑞尔说，"媒体可不总是复仇天使。你想让他们关心的东西，有时候他们关心，有时候他们理都不理。"

"时间不多了，雅斯佩尔。"我不再看他，而转向电脑屏幕，"我必须试试。我就算不能救她们出来，起码给她们提个醒，让她们知道是怎么回事。我不得不亲自回去。"

瑞尔挥手示意我和雅斯佩尔走开。"你们俩去那边说吧，好让我专心工作。我如果有发现的话告诉你们。"

我们走后，莱奥走了过去，将一只保护的手放在瑞尔的颈后。我很惊讶，瑞尔非但没有推开，反而流露出温柔的神态。

"我不想泼你冷水，"我们一回到厨房的桌前坐下，雅斯佩尔便说道，他没有看我的眼睛，而是紧咬着牙，"但是，做一件让自己陷入危险，又帮不到她们的事没有意义。"

我伸出手，覆盖雅斯佩尔的手，并握住他的手指，感觉没有我想的那么尴尬。还能做些什么？我说什么，他都不会理解我为什么要这样做。"我需要这样做。"我最后说。

雅斯佩尔还想和我争，但是这时客厅那头传来很响的敲门声。我们都站着没动。盯着门的方向。就连瑞尔的手也在键盘上方悬停。电脑屏幕发出的光照在她的脸上，我能看到她的表情很紧张。

"妈的。"她看向门口，低声说。

"我没有看到任何的灯。"莱奥低声说。

"去我爷爷的办公室。"瑞尔指挥我们，"我打发他们走。"

即使在厨房的另一边，我也能感觉到她的不安。

"来了！等一等！"瑞尔只喊不动，为我们争取时间，"我马上就来！"

我们跟着莱奥穿过一组门，进入后走廊。这里漆黑一片，所以我们必须扶着墙走。第一扇打开的门进去就是瑞尔爷爷的办公室，这里亮堂一些，月光经水面的反射，从三扇窗户透进来，照亮房间里的一切——黑木书架，大红木书桌，瑞尔爷爷的获奖证书和照片墙，我们的脸——泛着阴森的蓝灰色光。当雅斯佩尔想去关门的时候，莱奥挥手止住他，然后指指他的耳朵。意思是：门别关，我们得听着点儿。

我靠在空白的墙上，想喘口气。我有一种不祥的预感。应该说，一种很可怕的预感。我想安慰自己，我的焦虑又犯了——有这种可能。只不过，现在我能感觉到区别，说起来容易做起来难。

我试图把注意力转到离我最近的一张证书上。上面的字很潦草，中间是一个花哨的盾牌。写的什么，黑灯瞎火的很难看清楚。最后，我终于看出来，是亚利桑那大学政治学的荣誉博士学位证书，颁发给一位参议员——戴维·拉索。

参议员拉索。爸爸去见的那个参议员？瑞尔很肯定，他不会坐视不理，然后接受爸爸研究中的性别差异。那个怪物是不是决定从源头上——我爸爸——制止异类？

我开始靠着墙发抖。远处传来前门打开的声音。

"嗯？"瑞尔想让人觉得她不耐烦，甚至有点恼火。但是她没有料到来人是谁。"你们有什么事？"

"小姐你好。"一个男人的声音，一个我熟悉的声音，"我是克鲁特警官，这位是史蒂文斯警官。我们是国土安全部的。"

雅斯佩尔碰了我一下，给我看手机。手机开着，信号闪着，而且满格。

"我以为手机是关着的，"他在我耳边低声说，"对不起。"

而我能说什么？按错一个键，足矣至此。你很容易认为已经关机，但实际上没有关。我伸出手，放在他的手臂上。为了安慰他。也为了稳住自己。

"是我爷爷出了什么事吗？"瑞尔大声说。她故意的。好让我们能听到。她在为我们争取时间。

"不是。"克鲁特警官十分淡定地说道。我还能想象他面带微笑，露出大白牙。"我们是来找威利·郎的。"

而我只能想到我的包——或者瑞秋的包——在厨房，里面装着我妈妈的照片。

"威利·郎？"瑞尔问道。她装傻装得很真。不过很难知道克鲁特警官信了没有。"就我和我男朋友在这里。"

"我们有理由相信，威利·郎在这里。"克鲁特警官说。

"那我有理由相信你想错了。"瑞尔坚定地回应道。这肯定不容易做到，因为克鲁特警官很吓人。

"那我们进去看一眼怎么样？"

"你有搜查令吗？"瑞尔问道。

"搜查令？"克鲁特警官问，就好像她问的是他口袋里有没有独角兽。然后是沉默。我想象着瑞尔瞪着克鲁特警官的样子。我想象着克鲁特警官怒视瑞尔。"威利惹了大麻烦。是刑事案件。我想要是你爷爷知道你卷入其中，会很不高兴的。如果我是你，我不会给自己找麻烦。"

"所以你的意思是，没有搜查令，"瑞尔说，"那我要关门了。你有搜查令了可以随时来敲门。我就在这里等着。再见。"

当门关上的时候，克鲁特警官还在说着什么。关门的声音响彻整栋楼。然后，我听到瑞尔走了，冷静自如地走了，她肯定是专门做给可能透过前窗在看的克鲁特警官看的。

但是当她终于走进黑暗的大厅时，她开始飞跑。

"快走，快走，"她进了办公室，说道，当她看到雅斯佩尔的手机在桌子上时，她指着手机，"他妈的有没有搞错？"

"我以为是关的。"雅斯佩尔难受地说。我很高兴能读出他的感受，否则我心里可能会怀疑。但是毫无疑问，手机开着，导致我们被跟踪，确实是一个意外。"我也不知道怎么会开着。"

瑞尔深深地吸一口气。她当然也能读出他的感受。她知道，不论那有多蠢，确实是无心之过。

"好了好了。你们不能走前门，"她说，"还有，留下手机，这样他们可能会觉得你还在这里。反正你们这一路也不能用手机。"

我们快步紧跟瑞尔，穿过大厅的一组法式门。当我准备好快跑，我的心脏跳个不停。我想到，我们上桥后将如何不被看见。我想到，我们到了6号公路线要怎么做。躲在树林里？尝试搭便车？

当瑞尔打开门，一股咸咸的海风猛地吹了过来。我正要往外走时，看到了下面的水。房子的后面靠高高的柱子支撑。有一条窄道和步梯，通向黑色巨石薄片。然后是水。越来越多的水。

"现在涨潮，"瑞尔说，好像这没什么大不了，"水的尽头有一个码头，要游很远，但是之前凯尔西成功过，所以是可以办到的。"

"我的包在厨房，里面有一个信封，很重要。你能帮我保管吗？"

瑞尔点点头，然后面向水域说："你会游泳吧？"

房子前面传来一些男人的声音，朝那儿去不是一个好主意。而现在我们得离开这里。

"会，"我说，"我会游泳。"

瑞尔和莱奥回到屋内，而雅斯佩尔和我低头走向通往岩石的梯子。我们脱掉鞋子，把它们丢在房子下面，然后穿过尖利的石块，下到冰冷的水中。海岸线是模糊的，我们越游越远。但是我们前方的水域很平静，像一面黑色的镜子。

"那里。"我指着远处的码头，低声说道。很难估计码头还有多远。也许不知道比较好。

穿着衣服游泳，就好像试图穿过成千上万条饥饿的鱼群。我一直在等待身体适应那种拖累，等待游得不那么吃力。但是，每游一下，都很挣扎。雅斯佩尔还不如我。我发现自己在考虑，如果他坚持不下来，我要怎么做。

但是后来我想到了妈妈。那天在火山口湖，她说得没错。我是一个游泳健将，至少耐力不差。而像瑞尔说的：是可以游过去的。凯尔西做到过，所以我也可以。而且我会找到方法来帮助雅斯佩尔，如果有这个必要的话。

最后，我们游到了说远不远、说近不近的码头。我们游了很长时间，但是突然之间，我们就游到了。我跟着雅斯佩尔上了黏糊糊的、被藻类覆盖的梯子，从水里出来。我们站在黑暗中，没有鞋，全身湿透，盯着这一道将我们和追我们的人分开的鸿沟。

"你准备好了吗？"我问，并不知道自己打算带雅斯佩尔去哪里。但是我知道，我们必须离开这里。

雅斯佩尔点点头，尽他所能表现出十足的信心，但是我能感觉到他是装出来的。"准备好了，你带路吧。"

我们沿着黑漆漆的宁静的乡村公路，走了没多远，就看到了亮光。

"不错啊，一个加油站。"当加油站的牌子映入眼帘，雅斯佩尔笑道，"也许还会有善良的带宝宝的夫妇可以载我们一程。"

幸运的是，当我们进到里面，发现这里一点都不像我们遇到莱克西和道格的那个加油站蔬果超市。这个小店里有五个过道，放满各种各样的美食，还有一个用于摆放上好的奶酪的地方，现在是空的，用一块布盖着，毕竟已经这么晚了。在它上面，是一个木制的牌子，写着"零食"。我们很走运，这家店还开着。通常这个时候还开着的地方并不多。

"你身上的钱还在吗？"雅斯佩尔问。

对，钱。我都忘了。我把瑞秋的手机留在了瑞尔家，但幸好带了钱。我从湿透的牛仔裤里掏出一沓湿漉漉的 20 块纸币。我一张张分开，数了数。至少有两三百元。

"绝对够叫一辆出租车，然后乘火车返回波士顿了，"我说，"也许我们还应该买两件干的 T 恤。"我走到边上堆着 T 恤的地方，又低头看了看我的赤脚，"还有那种人字拖。"

我能感觉到柜台后面的黝黑小伙在盯着我们，他的手指摸着自己的夏季项链，那是一根皮绳串了一些珠子。他希望我们看见"进门穿鞋"的指示牌就会知趣地离开。

"你确定？"雅斯佩尔问道。

"我没细数，但是我想——"

"我不是说钱。"他说。然后，他望向柜台后面的小伙，那小伙显然在听我们说话。雅斯佩尔一只手放在我的胳膊上，示意我出去。

我们孤零零地站在黑暗而空旷的停车场，唯一的声音就是蝉鸣。

"你确定以及肯定要回医院去吗？"雅斯佩尔继续说，"你知道，回去不是你的义务。莱奥说得没错：作为一个异类，并不意味着要回去。你还是有权选择的。而且我认为你应该选择照顾好自己。"

"这是我的选择，雅斯佩尔。"我说道。这是我第一次感觉真的是这样。这着实让我松了一口气。

雅斯佩尔点点头，呼了一口气——疲惫，害怕。不再坚持，而且如此忠诚。"那好吧。值得一试。"

"不过你不必跟我去，"我补充了一句，"我说真的。我感谢你所做的一切。但是这——这有很大的风险。我不想让你觉得你必须——"

"你他妈的在开玩笑吧，"他说着，双臂紧紧交叉，愤怒地望着我。是的，我刚才的话伤了他。我能感觉到。"我们一起经历了这么多事情，你还要说这种话？"

"哪种话？"我不安地愣在那里。

"说什么'我要做好人，所以我放你走'。"

"唔，我是不想——"

"不想什么？不想亏欠我？"他厉声说道，"胡说八道，威利。别一副想保护我的样子，你真正想保护的是你自己。人们觉得相互亏欠，这就是生活的意义。你怕什么？"

"怕？"我问，就好像他的话很荒谬。

但是让雅斯佩尔走已经成为一种条件反射，我已经不再去想自己为什么要这样做。事实是，我不确定自己想知道这是为什么。

"不是这样——"

"我在这里，是不是让你难受？"雅斯佩尔不等我说完，就继续说。这样最好不过，因为我不知道该说些什么。"肯定是。威利，你会难受。所以，如果你不在乎我，你告诉我，我这就走。但是你不要站在那里，假装让我走是一种慷慨，我告诉你，这是世界上最自私的行为。"

我的脸颊发烫，耳朵嗡嗡作响。"你和我，或者这个，反正——这主意很糟糕。我现在混乱不堪，你看不出来吗？"

雅斯佩尔摇摇头。"而我差点掐死那小子。不是因为我非掐死他不可。而是因为他惹我生气。我生气了。有时候，我一生气，就会发飙。就像我爸爸一样。我不喜欢自己这个样子。我试图改变。但不总是成功。"他用一只手揉自己的脸，"每个人都会陷入混乱，威利。只是程度问题。和你想不想改变。如果你继续等待，直到你收拾好自己的生活，那么你会浪费很多时间。"

一瞬间，愤怒还在我的胸腔里面，但是支撑它的氧气已经不足。雅斯佩尔说得没错。我想把他推开，不是为了不亏欠他，而是为了不让他决定我和我的问题值不值得努力。毕竟，不把自己搭进去，就不存在什么摆脱。

但这些都和我真正的感觉无关。而我最终可能没时间全部说清楚。

"请不要走，"我最后说，"我不害怕自己回医院去。我仍旧不需要你。不是因为这个。但是我希望你留下来。"

我等着雅斯佩尔的长篇大论，滔滔不绝。但是没有，他大步走上前，一只手搂住我的脖子。然后，他吻了我。

当我们终于分开，我并没有像自己害怕的那样喘不过气。我仍然镇定，而且自由。

"好了，"雅斯佩尔轻声说，"我们走吧。"

24

我们终于回到波士顿。在离波士顿总医院几条街的地方，我们下了出租车。现在是凌晨四点一刻，没想到距离与瑞尔约定的四点半已经这么近了。但是还来得及，如果她计划不变，如果克鲁特警官没有从中作梗。

波士顿总医院的人行道一片死寂，空空荡荡，而且车道两侧的树木那么高，在黑暗中很显眼，不给人一点希望。但是我们就要到多亚翼楼，就要到我逃离的那个消防楼梯底部了。没有人阻止我们，一路都畅行无阻。

我傻傻地想了一会儿那扇门会不会开着。但是我拉了一下，它仍然紧锁。巨大的恐惧快速地升腾起来，我感觉就快要受不了。

"怎么了？"雅斯佩尔问。他肯定看到我脸色不对。

"没什么，"我马上说，不能让他看到我犹豫，"我就想看看这行不行。"

他点点头。"会行的，"但他这话只是说给我听的，"我去看看银行时钟上的时间。"雅斯佩尔说道。没有手机，我们只能看马路对面一栋楼上缓慢旋转的数字：时间，日期，温度。"4 点 28 分的时候，我会举起手臂，这样你就知道时间快到了。我 4 点 40 分回来。"

这样很合理：时钟时间和与瑞尔约定时间前后错开一些。如果她计划不变的话。如果她已经知道如何打开那些门。那么多如果。而门打开的时候，有没有动静，好让我知道它开了？我别无选择，只能反复拉门，以防它自己悄然开了，我却没发觉。我看到雅斯佩尔为了找个能看清时钟的地方，几乎走到马路中央，顾不上暴露自己。

然后，我等着。

终于，雅斯佩尔举起手臂，我拉门试了试，仍没有开。我数了1000 下。然后又试。又试了两次。仍旧没有开。

"喂，你在那儿做什么！"一个声音从漆黑的身后传来。可能是一个警卫，至少语气很官方，很不高兴。那个声音离我还很远，远到有可能都不是在跟我说话。但我知道他是在跟我说话。"那是安全区域，你不能入内！"我再次拉门。"嘿，离门远点儿！"

他肯定是在跟我说话。雅斯佩尔也已经看见他。因为他正从马路上往我这儿跑。

雅斯佩尔先于警卫赶到我跟前，而这个时候，我终于听见了嗡嗡声——门锁打开的声音。当我拉门的时候，门动了。我难以置信。

"天哪——"雅斯佩尔低声说。

"你们不能进去！"警卫大喊。

"快啊！"我对雅斯佩尔大喊。

我们一跃而入，然后关上门。并祈祷它会马上锁上。果然，当警卫拉门的时候，门已经锁上了。但我们还是得快跑。用不了多久，他就会告诉那些人。用不了多久，他们就会知道我们的确切位置。

上到三楼，我以为门会是锁着的。但是门是开的，我们赶紧进去。这个时候的医院走廊特别安静。眼前没有一个人，没有一点声音。这正是我们所希望的。但我还是忐忑，感觉这一切就像是安排好的，也不知道为什么，就觉得不对劲。

我尝试将注意力放在当前的任务上：提醒那些女孩。我们两个人要叫醒她们，一人负责一半，然后我们下楼，从消防楼梯跑出去。不是每个人都会往外跑。但是，我们需要做的是让足以证明发生了什么事的人跑出去。这样，那些人将不得不放走其他的人。这不是最好的方案，却是目前最好的方案。因为我们根本没有别的选择。

我们准备朝相反的方向走，去叫醒大厅尽头熟睡的女孩们。我冲雅斯佩尔点头，并做了个"好运气"的口型。然后我开始走。安静的感觉非常非常沉重，我的恐惧就在喉咙眼儿，很难咽下去。我一定是在担心无法救出那些女孩。同时也担心碰上"假的凯尔西"。我不想知道她的真实目的。更不想让她知道我知道什么，我害怕自己的情绪藏得不够好，被她一眼看穿。我希望她已经走了。现在这种愿望不是为了她好，而是为了我自己。

我在房门口停了片刻，谋划策略。特蕾莎是最需要帮助的。在半夜醒来，她一定会感到恐慌。拉蒙娜会是最平静的。如果我能叫醒拉蒙娜，那么她就能帮助其他人。

我溜进拉蒙娜漆黑的房间，然后迅速关上身后的门。我摸索着去开镜子旁边的小灯。不能开头顶的大灯，如果我开的是头顶的大灯，肯定会把拉蒙娜吓醒，她可能会尖叫。房间终于亮堂了，我刚想松一口气，一转头看床上，神经就又绷紧了。

空的。拉蒙娜不在床上。床上什么也没有。

我是进错房间了吗？肯定是。有一半的房间一直是空的。也许我搞错了，拉蒙娜住的不是离公共休息室最近的那一间。当我转身要离开时，我突然发现地板上有一样东西，就在床边。小小的一团黑色的东西。我蹲下身子去看。直到我捡起它来，才意识到那是拉蒙娜一直佩戴的手镯，扭曲成一个死结。

等等。也许火灾后他们把大家都转移到了医院的另一侧？这是我往外跑的时候，无意间听到的。转移到一开始他们带我进来的那一侧。这样就说得通了。但其实我内心并不相信。我还在蹲着看拉蒙娜的手镯时，门突然开了。

见鬼。我惊慌失措，赶紧往唯一可躲的地方——床下——躲。我希望是雅斯佩尔。但我想应该不是他。他在大厅的另一头呢。

我躲在床架之下，胸贴在冷冷的油毡上，心脏猛烈跳动。我看到两只脚出现在门口。一双女鞋——蜥蜴牌，高跟的。我感觉我认识这个人。至少，她认识我。或者她觉得自己认识我。

我的心脏跳得太快，以至于我开始犯恶心。但是我不能从床下出来。那双鞋还在门口，久久不动。最后，那双鞋动了，但却是往房间里走。然后门关上了。

"威利，"一个女人的声音，说话很轻，特别平静，"请你出来吧。"

那个声音，那双精美的鞋子。是瑞秋。我妈妈的戒指。我妈妈的照片。我的眼睛涌出愤怒的泪水。瑞秋会不会为这些人——国家卫生研究院，或者科尼利亚博士，或者国防情报局——工作？存在无数种可能。

"拜托，威利，"瑞秋见我没动，便继续说，"他们没有给我们太多的时间。我有事情要跟你说。"

他们。我们。她还想假装站在我这边。

"不管你们想做什么，威利——不管你想做什么……"她也很悲伤，完全彻底伤透了心。我感觉不太对，因为这和我在想的其他东西对不上。"这——现在不能做。我很抱歉。请你出来。否则，我还没有机会跟你解释，他们就要来了。"

藏是没有意义的，如果她知道我在哪里。而且我这一生还从未像现在这样想要一个解释。哪怕是一个我不会相信的解释。最后，我从床底下钻了出来。

"威利，亲爱的。"瑞秋说着，张开双臂向我冲来。

我躲开了她。"你在这里做什么？"我生气地说，"拉蒙娜在哪里？"

"没事了，威利。"瑞秋说道，但她心里并不这样想。完全不是。"我会一直待在这里。我们一起解决。"

解决什么？我感到反胃。虽然我希望自己感觉到的是愤怒，为我妈妈，为瑞秋撒的所有谎而愤怒——但是我只感觉到害怕。

"拉蒙娜在哪里？"我的声音在发抖。全身都在发抖。

"在她家。她们都回家了。那些人放她们走了，"她尽量表现得满怀希望，"全部都回家了。"

"放她们回家？"我知道她不可信。她自己都不相信自己说的话。我只是还不知道她说的哪一句是骗人的。"那些人为什么会放她们走？"

"我在司法部的那个朋友躲着我，于是我给你妈妈在《纽约时报》的那个朋友打了电话，请她打电话给他。而他，终于答应去做他的工作，并跟进国家卫生研究院。显然，他们在这里做的事情走的不是正规渠道。我认为就连国家卫生研究院都没有参与，国家疾病控制中心呢？真有问题的话，他们怎么可能不来。反正我的司法部联系人含糊其辞，说得非常快。两小时后，他们放了所有人，这也证明了我的判断。"

"就这样？他们没有任何解释吗？那些女孩的家长怎么说？"

"我感觉那些女孩的家长不是喜欢苛责的类型。只能说他们选对了女孩。"

"你找到我爸爸了吗？"我问道。

"没有，亲爱的，还没有。"她说道，试图让面部表情继续淡定。但是我能感觉到她在强忍眼泪，那眼泪都要从我的眼睛里涌出来。

"他是不会离开机场的，他知道我需要他赶回来。"

她两手相握。"我知道，"她说，"相信我。这一点我已经告诉他们。威利，我们会找到你爸爸的。他不会有事的。"

"他不会有事的。"我声音颤抖着说。

但是我真的这样想吗？我现在感觉是这样吗？事实是：我根本不知道。

异类规律 6：当你自己心碎了，你不能再阅读任何人。至少读不出自己的感受。

"我想回家，"我自言自语道。

"所以我来这儿，威利。我来帮你。"她接着说，就好像我是一个等待救赎的失足儿童。

"去你的。"我瞪着她。

"你说什么？"瑞秋问，很震惊——而且很伤心，我能感觉到。但是这只让我更想伤她。

"去你的。"我说道，我的愤怒让我口不择言，"装什么英雄。你就是个骗子。你一直都在骗我们一家。"

"什么？"瑞秋惊讶地看着我。现在非常受伤。问题是我不知道该不该相信。

"你怎么会有这个？"我举起项链上挂着的妈妈的戒指，质问她，"她的照片又是怎么回事？是不久前拍的照片。"

瑞秋盯了戒指一分钟，然后更加震惊，泪水从她的眼睛涌了出来。她耷拉着脑袋，交叉手臂。内疚，非常内疚。直到这个时候，我才意识到我是多么想要一个简单的解释。

但是瑞秋给不了。她什么也给不了。

"威利，你得把戒指给我，"她说，而且她很绝望，"我现在没法

244

给你解释。我理解你觉得我骗了你，我确实骗了你。但不是你想的那样。你拿着戒指不安全。"

"谁拿着安全？你？"我又一次错过了最重要的事情。我能感觉到，只是触不到。"他们杀了我妈妈，你是不是帮凶？"

"你在说什么啊，威利！"瑞秋对我大喊，"听我说，我明白，发现戒指在我那儿，让你混乱和不安，我知道我欠你一个解释，但是——"她指向医院，"我和这件事没有任何关系。我在这里，是因为警察打电话给我，说他们在找你。他们知道我们有联系。他们说，如果你不自己来接受问询，他们会去找你，于是我告诉他们不必了，因为我觉得你迟早会来这里。如果他们愿意等，我就在这里安排你们见面——"

"你告诉他们我会来这里！"

"威利，我不说的话，他们会去找你。我怕你见了他们就跑，这——鉴于已经发生的一切——是可以理解的，但是最后你会受到伤害。逃跑的后果会是什么？我想帮你。我想保证你的安全。"

"帮我？"我说道，"你这个骗子。"

瑞秋闭上眼睛，摇了摇头。后悔，悲伤。她还在隐瞒什么，这是肯定的。

"听着，威利，这一切我都会向你解释清楚。我保证，"瑞秋继续说，"但不是现在。现在还有时间，我们需要谈谈。"

时间——而我感觉到了：她的恐惧。还有悲伤重重地悬挂在恐惧的上面。还有时间做什么？

这个时候，房门开了。当我惊吓并向前走一步时，瑞秋出于保护，一只手抓住我的手腕，好像准备阻止别人将我拖走。她的手指感觉像砂纸。

"别碰我。"我甩开她的手。

"再给你们 60 秒，"一个男人粗哑低沉的声音从门外传来，"然后她就要跟我们走。"

门再次关闭。

"跟谁走？"我开始恐慌不已。是克鲁特警官？"说话的是谁？"

"威利！"大厅里传来雅斯佩尔的喊叫声。

我趔趄地走过瑞秋，两腿发麻。我打开门，迈步走了出去，感觉世界很远，支离破碎。才走了两步，我就撞上一个警官——不是克鲁特警官。普通的穿制服的警官。

"哎哟！"我跌倒的同时，他大喊道。他抓住我的手臂，把我拉了起来。在他后面，我看到另一名警官拽着雅斯佩尔。

"放开他！"我尖叫，"他什么也没做！"

"哎哟！"抓着我的警官又说道，被我瞎喊的傻样逗乐了，"你还是做个深呼吸，冷静一下吧。"

"放开他！"我再次大喊，然后转向还站在门口的瑞秋，"你不是说你想帮我！倒是帮啊！"

"给我冷静下来。"警官更严厉地说。他只是一个普通的老波士顿警察，似乎没有什么异样，也没有隐瞒什么——只是在做他的本职工作。"他们护送你的朋友出去。仅此而已。别再瞎喊了，否则你的麻烦会更大。"

"雅斯佩尔！"我最后喊了一声。

终于，他转过身。虽然我们离得很远，但是我还是能感觉到一些东西。怎么可能感觉不到？他是那么在乎我。或者，我想错了。我不能确定。但是我知道我是多么在乎他。雅斯佩尔举起一只手来回应，当警官要把他推出门时，他还看着我的方向。

"我要走了。"我对瑞秋说，向前迈了一步。

"不行。"警官的手本来已经松开，但现在他挡住我的去路，"你不能走。"

"不行？"我对他厉声说，"你没听见吗？她说了，我们可以走。这根本是一个错误。"

这是一个考验。我甚至不能确定是对谁的考验。

"你不能。"他说。

我转向瑞秋，现在她离我更近。"他在说什么？"

"我会尽快送你回家，威利。这也是我来这儿的目的。我们会有办法的。"瑞秋深吸了一口气，"他们还没有调查清楚。但是显然他们想对你做进一步问询。关于这里的火灾。你要离开这里，最好的办法是配合他们。"

"这一切全是因为火灾？"我生气地说，"我们只是想分散他们的注意，好逃出来。就在垃圾桶之类的地方点了火。况且点火的都不是我，是凯尔西。"

提到她的名字，我有一种不好的预感。我已经知道她不是凯尔西。你很难指认一个连你自己都不知道是谁的人。

"我知道，而且我相信你。"瑞秋皱眉，"我们只需要花点时间，让他们也知道并相信。"

25

　　我接受了瑞秋的建议，不再发问。因为那可能会泄露我不打算告诉他们的信息。事实上，她建议我什么也不要再说，直到他们送我们到计划问询我的警察局。她又列举了一些我可以拒绝做的事，但是她觉得拒绝可能会对我不利。

　　我又一次坐在一辆警车的后座。我告诉瑞秋，她不用陪我去，我不想让她去。但是她坚持要去，她自己开车，紧跟在警车后面。她说我应该有律师随行，不管我想找的律师是她还是别人。

　　我们到了波士顿街区附近，这里比牛顿或者塞内卡更波士顿。瑞秋和我两个人等在警察局的一间寒冷的小屋里，里面有一张小桌子和四把椅子。感觉很脏，有汗味。

　　"他们虽然人不在这儿，但是应该在监听我们，"瑞秋说着，指向天空，认为房间里有麦克风，"他们不应该这样，因为我是你的律师，我们的谈话是保密的。但是一般来说很难限制他们这样做。他们会使用他们听到的东西，即使法庭不接受。而一旦问询开始，你一定要非常谨慎。你的答案要尽可能地短。你会震惊于芝麻大小的事都可能对你不利。"

"我和火灾一点关系也没有。"我说道，我甚至不知道为什么要说这话。我一点也不在乎瑞秋怎么想。一部分的我仍然非常希望她走，但是我没有力气让她走。

"我知道。"瑞秋伸出手，握住我的手，同情地对我笑。

"你够了！"我甩开她的手，"你认为我会傻到再相信你？你来这里是什么目的？"

瑞秋皱眉，然后点点头。"你对我的各种看法，你所想的一切，都是错的。我的意思是，是不正确，不准确的。但是我理解你为什么这么想。我希望现在就能给你解释清楚，"她说，"但是我不能。现在不合适。"

"他妈的哪里不合适。"我直视前方。

"威利，我们还是可以给你换一个律师。但是，我想给你找一个厉害的，这可能需要花一些时间。这次问询，你恐怕只能和我一起。"

终于，传来了敲门声。没有等我们说话，门就开了，一个女人走了进来。她看起来很壮，看上去50多岁——比我妈妈年纪大，但比我奶奶年轻。她一头金发，修剪成短短的鲍勃头，这凸显了她的宽下巴，显得她的脸更方。跟在她后面的是一个大块头，年纪轻些，穿着皱皱的卡其色裤子和白色超紧身纽扣领衬衫，能力似乎没有那么强。

"你是威利·郎？"她问道。

有礼貌，但冷淡。不过很专注，并不怀疑。或者尽量不怀疑。就好像她已经决定，在搞清所有的事实之前，不作评判。在那之后，她会毫不犹豫，一锤定音。

"是的，"我说，感觉她还在等待确认，于是我又补了一句，"是我。"

"我是妮科尔·安热警官。"她伸出一只强有力的手，我不情愿地握了握。"这是我的同事，丹尼·马蒂尼。"大块头点了点头，但是没有抬眼看我。"你知道你为什么在这里吗，威利？"

已经给人感觉是一个刁钻的问题。我看了瑞秋一眼，只见她点了点头。

"你可以回答这个问题，威利。"瑞秋说。她说得没错，有她在，好过没有。我已经感觉到她在盘算如何以及何时逼那位警官给出解释。

"因为你要问我火灾的事情？"我说。

"是的，"警官说，"我们需要了解火灾的事情。你离开那里之后，就起火了。"

"你说'那里'，是指房间？"我问道，"是那里先起火的吗？因为特蕾莎也在那里。"

"威利，"瑞秋插话，"问你什么，回答什么。不要主动提供信息。"

但那是因为瑞秋辩护的都是有罪的人。我没有什么好隐瞒的。

我想有话直说。

"说真的，你们应该去问问特蕾莎这一切是怎么回事。"我继续说。我正在想应该如何以及何时提凯尔西，也不知道她的真名叫什么。尽管她骗我，但是我感觉自己对她有一种奇怪的忠诚。她是三个原始异类之一。在不确定她做了什么的前提下这样对待她，我觉得不妥。"反正警报器不响了之后，我又回到了公共休息室。"

女警官默不作声，盯着我后面墙上的空白处，面无表情。她假装在考虑我说的话，但其实没有。她在等着问她的下一个问题。我有一种不好的预感。

"嗯，我们也想问特蕾莎，但是我们问不了。"她说道。然后，她盯着我，等着。这应该是有什么意义。但并没有。对我来说没有。

"那我就不明白了，"瑞秋生气地说，"警官，为什么你们不能问她？因为我们已经有点厌倦你的'隐藏指控'的把戏。我们想配合，但要是你再不直奔主题，那我们要走了。我提醒你，我们现在仍是自愿待在这里。"

"我们不能问特蕾莎，因为她已经死了，威利。她被火烧死了。"

"什么？"我身体前倾，心脏狂跳，"你说什么？"

"OK，等一下。"瑞秋对我举起一只手，示意我别再说话。担心。她现在非常担心。"这次调查的范围到底是什么？"

这已经让瑞秋猝不及防。这种情况比她想象的还要糟糕太多。她现在开始怀疑应不应该配合。但我一头雾水。特蕾莎？这怎么可能呢？

"现在还很难说。"女警官说。她的搭档还在一旁看着，默不作声。"我们会尽可能保持开放的态度。"可我不知道她说的是不是真话。"我们觉得现在有足够的证据指控您的客户,至少是纵火和危害他人。证据确凿,除非她能解释清楚。"

"至少?"瑞秋厉声说,"还有,什么证据?"

女警官一直盯着我的眼睛。

"比如说女孩们之间的争吵。威利,火灾之前,你和特蕾莎之间发生了什么?你们起过争执?"

"威利,我建议你不要回答这个问题,"瑞秋对我说,然后,她转身对女警官说,"你现在好像是在钓鱼举证。"

"我们没有争吵。"我没有理会瑞秋。说真话能有什么危险?"特蕾莎很难过,她让我陪她回她的房间。因此,我们聊了一小会儿,然后我离开她的房间。后来应该就起了火,我猜可能是这样。"

"你猜?"

我只能提凯尔西了。我别无选择。

"你跟凯尔西聊过吗?"我问道,"也许她知道发生了什么。"

"凯尔西?"

"一个女孩,当时也在医院。"

女警官从她面前的马尼拉文件夹里拿出一张纸,放在我的面前。"当时医院里所有女孩的名字都在这上面,"她说,"我没有看到叫凯尔西的,你看看?"

当然没有。她的真名不叫凯尔西。但是我怎么解释这一切呢?我只能盯着那张名单。现在不管我说什么,听起来都像一个疯狂的谎言。

"我们继续说。"女警官又从她的马尼拉文件夹里拿出一张纸，沿着桌面滑向我，"这个你还有印象吗？"

我低头一看，是那个被我扔进垃圾筒的娃娃的照片。我用两根手指捏起照片。更多对我不利的证据。这一切都不是巧合。肯定不是巧合。

"威利，我还是劝你不要回答这个问题，"瑞秋说道，而且更加急切，"他们会无限扭曲你现在说的话。切勿为他们提供证据。"

但是真相站在我这边。我相信这一点。我不得不相信。

"有人把它放在我房门口。"我说。再说，他们肯定已经知道了这一切。"他们以前在我家门口也放过这样的娃娃，在凯西——在很久之前。"

"威利，"瑞秋咆哮道，"别说了。"

"听起来你好像很不高兴在医院收到这样一个娃娃，"女警官说，"特蕾莎把它放在你门口，你是不是很生气？"

"你在说什么？"我说，"娃娃不是她放的。"

"我们在她的包里发现了一个一模一样的娃娃。娃娃肯定是她的。"

我尝试不动声色，但是很难做到。特蕾莎为什么要把娃娃放在我房门口？她包里又为什么还有一个？我回想起当时她的兴奋给我的诡异感觉。这就是当时她在隐藏的吗？和一直往我家送娃娃的人有联系？

"就算这是真的，我那时并不知道，"当我意识到他们还在等我回答，我说道，"所以我为什么要生气？"

"OK，那么你或许可以解释一下，为什么特蕾莎的项链会在你那儿？"她问道。我用手摸向喉咙。十字架。在我妈妈的戒指上的那个十字架，特蕾莎给我的，说会保护我。我闭上眼睛。当时它给我一种不祥的预感。但是我没有多想就戴上了，因为我不愿得罪特蕾莎。而现在，它要置我于死地。"我们的理解是，她没有摘下那条项链，那条项链对她有特殊的含义，她送给你似乎不太可能。除非，她在起火前已经死了，而你把项链从她脖子上摘了下来。得等她的尸检报告出来，我们才能确定她的死因。"

"行了，"瑞秋呵斥女警官，"这太荒谬了。威利，别——"

"他们根本是在囚禁我们。我是说，这也许对你来说不重要，但是对——"

"威利，"瑞秋厉声说，"别说了，听见没有？"

当我看向她，我感觉到她的意图是多么迫切。无论她是骗了我多少事，现在她真的认为，再说下去对我不利。她可能是对的。他们告诉我们的关于"熊猫"的谎言现在怎么样了？他们适时一句"很高兴我们错了"，就什么都收回来了。

"威利，我们找到了火柴。"

"什么火柴？"

"在你房间的床垫下面。"

"火柴？"要不是女警官一直那样盯着我，我肯定会觉得她在说笑。"我不知道我床垫下面为什么会有火柴。"

"所以火柴不是你的吗？"女警官怀疑地问。

"不是，"我说道，"不是我的。"

"继续啊，警官，"瑞秋想装出轻松的语气，自信我们占了上风。但是我能感觉到，她很害怕自己不能把我拽出这个大坑。"我们一直有礼貌，有耐心。我们按你们说的做了，自愿来到这里，接受你们的问询。现在，威利想回家了。"

女警官闭上嘴。但不是在微笑。

"你近期卷入过另一场大火，对么？"她没有理会瑞秋，而是继续问我，"六周之前？你的一个朋友死了？"

"你在开玩笑。"瑞秋生气地说。

"两起案件当中，都有女孩死于火灾，"女警官说，好像她不明白为什么会这样，"而两起案件，威利都在现场。"

"这简直太荒谬了。缅因州的火灾，没有指控说威利存在任何不当行为。她和凯西都是受害者，这一点清楚无疑。"

"但是这也太巧了。你能解释一下吗，威利？"

"威利，别——"

"不能，"我说，因为我说的全都是真话，"我解释不了，没有什么好解释的。"

"两起案件，你都在场。两个女孩死的时候，你都在场。你真的不知道是为什么吗？因为很明显，威利，特蕾莎不只是在火灾中丧生，"女警官说下去，"特蕾莎就是火。她被点燃了。就像凯西一样。至少这是我的理解。两个让你生气的女孩，完全相同的死法。很可疑，不是吗？"

"警官，这很荒谬，而且异常残忍。"瑞秋说道。她的声音很冷。而且她现在很愤怒。为我愤怒。

"我生气？"我反问道，"我没有生气。"

"凯西的父亲可不是这样说的。"女警官说。

"文斯？"女警官说得越多，我越糊涂。"他说我生凯西的气？他知道什么啊？他都不住在这里。我没有生凯西的气！"

"但是你生特蕾莎的气？"

"够了！"瑞秋用手拍桌子，"就这样了。这是最后一个问题。我们想要配合，但是你在歪曲她想表达的意思，"她起身，并示意我起立，"好了，威利。我们走。"

"今晚恐怕不行，"警官说道，"我们手上有证人的证词、火柴，以及你的客户资料。逮捕她的理由绰绰有余，除非她准备好现在给一个解释。"

"罪名是什么？"瑞秋问道。

女警官直视我说道："谋杀。"

26

　　瑞秋说的很快就应验了，他们正式逮捕了我。我被告知了自己拥有的权利，尽管在我与瑞秋接受问询之前，他们就已经给我宣读过。

　　随后，他们把我送到了最近的青少年拘留所。在那之后，又给我宣读了权利，列了一张清单：我的衣物和极少的私人物品——瑞秋给的仅剩的现金和我妈妈的结婚戒指。特蕾莎的项链被当作证物拿走了，只剩戒指在空空的私人物品箱里绝望地旋转。我想到了我妈妈的照片，以及瑞尔是否真的会妥善保管。

　　他们拿走了我的衣服，搜我的身，我没想到会如此羞辱——让我按手印，拍照，逼我回答无穷无尽的非正式问题。瑞秋曾经警告过我的，现在都发生了：我受到了非人对待。

　　我的室友名叫苏珊，她杀人未遂。至少目前为止是这样。我见她的时候，她马上就要和别人一起上一辆大面包车去被提审。我并不紧张，因为现在我很麻木。我就像行尸走肉——呼吸，移动，眨眼。

法庭上，瑞秋站在我的旁边。她对法官说了些什么。检察长，一个圆脸的光头，说了些别的。他们的话遥远不清，仿佛我在水下，而他们在岸上。不过，我听到他们说到我爸爸失踪以及我妈妈已经去世。最终，他们拒绝了我的保释。我明白。他们说，我是一个危险人物。我之前已经逃了那么多次。最后，终于坐实了。

结束之后，瑞秋想抱抱我。我很高兴他们呵斥住了她。因为我不想让瑞秋碰我。

"威利，我会带你离开这儿，"她在他们把我带走的时候喊道，"就这几天。"但是这话她自己都不相信，不管她多么想相信。

我还没有认真考虑过换律师。瑞秋没有给出让我满意的解释。她只解释了为什么她跟我妈妈绝交。她说，当时她辩护的是我妈妈不认可的人，这种说法更让我怀疑。不过，我没有追问下去。那些似乎不再重要。什么都不重要了。

第三天早餐过后，我第一次听到我的外号：纵火犯。这还算好的。老实说，多亏那些传闻——我有特异功能，我烧死了两个朋友——哪怕是在这里，我的疯狂程度也足以拒人千里。

瑞秋让我打电话给吉迪恩。是吉迪恩让她这么做的。瑞秋帮他收拾好了屋子，并时不时问问他的情况。但是吉迪恩会住在他的朋友家，直到他们找到我爸爸。瑞秋故意用了"直到"这个词。想让我放心。

但是我并不放心。一点也不放心。

"你还好吗？"吉迪恩问我。第四天，他接听了我从"马萨诸塞州青少年拘留所"拨出的付费电话。他的声音紧张而脆弱。

"嗯，还好。"我试图安抚他。当然，我不好，我想大喊。我在"拘留所"。

瑞秋已经暗示过我，吉迪恩吓坏了。自从我被逮捕，他就吓坏了。又找不到爸爸，雪上加霜。爸爸已经消失快一周了。瑞秋也第一次说，我们需要面对现实。

我看不出这样做的好处。

在描述吉迪恩的时候，瑞秋想找一个更加积极的词——状况不好，但并不可怕。她带吉迪恩去找谢巴德医生，希望对吉迪恩能有帮助。其实，并没有。瑞秋还说，其他的女孩都不是谢巴德医生的病人，就连特蕾莎也不是。爸爸失踪，我在拘留所，也难怪吉迪恩陷入崩溃。

"我想说的是……"电话里，吉迪恩的声音起伏不定。他在哭吗？吉迪恩五岁之后，我都没见他哭过，唯一一次是他被碎玻璃片割破了手指。这次他是真的失控了。

"吉迪恩，会没事的。"我说，虽然没有一点说服力。而且我也有点儿生气，因为身处此地，我还要鼓励他。不过，吉迪恩现在迫切需要我的鼓励。那么真实，令我难以呼吸。

"我很抱歉。"他吃力地说。

"你不必抱歉，吉迪恩。这不是你的错。"

"但是，这是我的错。"

"说真的，吉迪恩，这不是——"

"是我给他们的名单，威利！"

"什么？"一瞬间，我的大脑停转了，血液，神经，全部冻结。

"对不起，我——对不起。出于好奇，我给那个叫科尼利亚·盖伊的人写了一封邮件，他说同意我的意见，觉得不可能只有女孩才是异类，一定是爸爸的实验哪里有错。他说，他会研究。他听我说话，而爸爸不听。所以，我给了他名单，还有你的名字。但是我发誓，我真的不知道他打算做什么。"

我把电话紧紧压在耳朵上，它已经开始抖动。不可思议的是，我想恨他，想吼吉迪恩的自私和鲁莽，还有邪恶。但是我一句话也说不出来。而且仍然麻木。

"威利？"吉迪恩说，"你还在吗？我很抱歉。"

时间流逝。我深深觉得自己无法在这样一个地方久待。然而，我不断醒来。这甚至不是青少年拘留所的问题。是这个世界的问题。在这个世界里，噩梦不断成真：凯西，妈妈，爸爸，吉迪恩。

我又开始恐慌。比以往更糟糕，有时候一天两三次。有一次，我在电视房晕倒了。值班的警卫威胁我，说如果我再这样，就关我禁闭。我知道我可以提出看医生。他们不能因为我有焦虑症而惩罚我。但是我没有这样做。因为也许关禁闭不是一件坏事。

我收到了拉蒙娜和贝卡写来的信。我知道，是瑞秋让她们写的。她认为让我知道其他女孩平安出来有好处。信里是机械的礼节性的话，话不多。我注意到她们没有明说的话：我们知道你是无辜的。

瑞尔也写来了信。或者说，我认为是瑞尔写来的。"勇气是让生活归于平静需要付出的代价。"信里只有这一句话。没有署名。

有一个人没有消息，雅斯佩尔。法官下了"不许接触"的命令，作为允许他非法入侵缓刑的前提条件。瑞秋说，他们是想让我更痛苦，好有可能说出他们想听的东西，好让我承认我没有犯下的罪行。

但是不管我多么想念雅斯佩尔，我都不会这样做。我确实想念他。这一点既简单，又复杂。

第六天，午餐前，我们像往常一样去看电视。或者说，与其他六个女孩一起，分开坐在几张长沙发上，面对电视机。我盯着电视屏幕，但是看不进去。不过，对我来说，和其他人在一起似乎比独自待在房间里要好。我越来越强烈地觉得，有可怕的东西朝我而来。而且很近了。我觉得应该会有目击者。

"郎，你有访客，"一个警卫喊道。

我呆呆地看着他，以为自己出现了幻觉。

"走啊，"他喊我到门口，"快走。"

雅斯佩尔？我突然有一种愚蠢的奢望。我的心开始狂跳，血液涌向我半死不活的身体。我跳起来。拜托！拜托！拜托！虽然我知道不可能是他。别是他，这是为他好。

"是谁？"我说着，加快步子走向门口。

警卫生气地看了看他的剪贴板。"你弟弟。"他说道。我的心一沉。

　　我不怪吉迪恩的所作所为。或者说，我怪他，但是我能理解。这种做法愚蠢，幼稚，自私，冲动。他没有多想。但他不是故意的。只是，我现在不想见他。我不知道自己还有没有精力去撒谎，以及当着他的面原谅他。

　　我想告诉警卫我没准备好受访，但是这样做可能会适得其反。如果我让吉迪恩感觉更糟，他会要求我剖开心脏，然后交给他。

　　"名字?"当我终于不情愿地到了那里，探访室的警卫问我。

　　"威利·郎，"我回答道，还在等被人拦下。但是没有，警卫打开门，让我进去。探访室是一个开放的空间，里面有八张方形桌，都编了号，排成两排。每边放了两把椅子，各站了一名警卫。我被关进来了才知道，这里原来很普通：没有塑料隔间，不通过电话说话。

　　"最远的七号桌。"他指着房间的另一边，"你们有 15 分钟时间。不许接触。不许交换物品。"

　　房间是那么拥挤，我走到另一侧，才看到哪个是吉迪恩。他戴着一顶棒球帽，头低着。我看不到他的脸，但是从他的姿势看，他似乎比以前更糟。驼背那么厉害。我从他的身后绕过来，深吸了一口气。我试图说服自己，我能够做到。鼓励背叛了我的吉迪恩。

　　当他终于抬头看我时，我的世界天翻地覆。

　　"请坐。"昆汀说。

尖叫。这是我的第一反应。我环顾四周，瞪大眼睛。我想朝他吐口水。我想扇他几个耳光。

"我不会那样做，"他上下打量穿着凄惨的蓝色运动服的我，"不管你在想什么。"

我瘫坐在椅子上，感觉自己发不出一点声音。

"你还活着。"我小声说。12 个尸体，而不是 11 个。其实我早就知道，不是吗？然后我想到爸爸。"你对他做了什么？"

"谁？"

"我爸爸。"

"你爸爸？"昆汀说，"你爸爸怎么了？"

"他失踪了，"我说，"肯定发生了什么事情。"

昆汀严肃地摇摇头。"我之前警告过他，不是吗？我说他可能会有麻烦。"

"如果我告诉这里的人你是谁，他们会逮捕你。"

"天哪，你真觉得会这样？"他竟然不是在讽刺我，而是真的觉得我可怜，"想想你要解释多少东西。还有，听起来会有多么荒唐。等他们相信你的时候，我早就走了。再说，那样你也别想知道我为什么来这儿了。"

"他们为什么放你走？"我问，但是我不确定自己想知道答案。

"'放我走'这种说法不准确。不如说他们'容易被误导'。而且我也帮忙了，"他平静地说，好像为什么而感到遗憾，"我告诉过你，北角不容小视。"

"但是，他们为什么要帮你？为什么有人帮你？"

"我跟他们说，有些事情只有你爸爸和我知道，如果他们想赢得异类这场比赛，就需要我的独家情报。他们信了。这意味着，我要向他们展示一些东西，或者说，可能会有不好的结果。我不想让这种事情发生，所以我来这里。找你。"

"我绝对不会帮你。"我咬牙切齿地说道。

"即使我手里有能让你离开这里的信息？"

"你是不是用雅斯佩尔的手机发过消息？"因为我现在只能想到他谋划坏事。

"消息？"

"让我跑的那条消息。在我们从缅因州回来之后。"

"跑？"他一脸迷茫，"唔，没有。"

不是他发的。我能清楚无误地读到。可能是肯德尔。很可能是肯德尔。我一直觉得他的嫌疑最大。

"你害死了凯西，"我努力稳住阵脚，"我绝对不会帮你，你这个混蛋。"

"如果你帮我，我会帮你离开这里。你自己说的，有人抓了你爸爸，他现在一定需要你。"

昆汀没有骗我。他说的是实话。是他认为的事实。当然，他认为的事实与我没有任何关系。

"我宁可死在这里，也不会帮你。"

"那你爸爸和吉迪恩怎么办？你打算不管他们，由着害你进拘留所的人逍遥法外？"他的威胁振聋发聩，"威利，有些事情你不知道。"

"什么事情？"

"比如是谁杀了特蕾莎。是谁放那个娃娃在你门口。先说清楚，不是我放的。"

"去死吧。"我小声说。但是，上帝啊，我好恨，他是怎么知道娃娃的事的？

"我连证据都有，我可以把它给你，还你清白。我掌握的细节会让他们编的故事可信度大减。"他吸了一口气，"前提是你要帮我。"

我觉得反胃，想吐，头昏眼花。如果昆汀知道娃娃的事，那他可能真的知道怎么能让我离开这里。而我需要离开这里。我爸爸需要我出去。

"你什么都不知道。"我想测试一下。我需要从他的回答里读他。

昆汀微笑。"可我知道。"他说得很肯定，肯定得可怕。昆汀站起来，沿着桌面推来一张卡片。"这是我的手机号码。如果你想通了，想帮我了，给我打电话，我们可以安排一下。"他环顾四周，然后皱起眉，"但如果我是你，我会抓紧时间。在这样的地方，可怕的事情随时有可能发生。"

我惊讶地发现自己回到了电视间。我不知不觉回来了，现在坐在沙发上，安然无恙，心跳正常。但是我感觉麻木。我不记得最后对昆汀说了什么。我不记得怎么回到大厅。我唯一确定的是一种可怕的感觉：我已经输了，就算昆汀不是赢家。

我不知道自己在那里坐了多久。女孩们走来走去。电台节目不断变化，时间向后推移。最后，我远远地听到房间后面传来声音，金属书车在吱吱作响。

"图书管理员来了，"其中一个警卫说，他有些生气，就好像不敢相信似的说着这些废话，"你们有十分钟来选书。"

书。这个想法让我觉得很可笑，外面都什么样了，女孩们还像看见冰淇淋车一样蜂拥而上。每一次志愿者来都是这样的景象，每次来的都是慈眉善目的不同的老太太。

"《美国周刊》！"我听到有人欢欣鼓舞地大喊。

"《哈利·波特》还没有还回来吗？"另一个人问，"该死。他们总不能一直霸着。"

她们对书的狂热，与很多厌学的同龄人形成强烈的反差。我忍不住想，再过不久，我是否也会为过去觉得平淡无奇的东西兴奋？再过多久，我会按他们说的做，或者说？再过多久，我会屈打成招。至少这样我不必再跟昆汀说话。

我目视前方，当吱吱作响的书车终于靠近。我感觉图书管理员盯上我了，可能是因为我是所有女孩中唯一一个没有起立的。我以为她会跟我说阅读的重要性，说阅读能救赎我。我希望自己不会怼回去。但是至于我会做出什么事来，真不好说。现在我越来越不相信自己。

"取书时间要到了！"警卫喊道。

终于，书车就停在我的身后。我没有抬头。但是我用余光看到图书管理员放了一本平装书在我旁边的沙发扶手上。然后，我感到浓浓的善意，如此强烈、纯洁，并无有色眼光。这令我猝不及防。我知道要是我抬头看她，我会忍不住哭起来。所以我没有抬头。在这里，我做那个放火烧死朋友的女孩比做对着图书馆志愿者哭的女孩要好得多。

"好了，时间到！"警卫喊道。

但是图书管理员的车还在那里，没有吱吱作响地离开。她还在等我。我能感觉到她是多么想、多么需要我抬头，让她知道我没事。让她知道我会没事。这太奇怪了，我和她素不相识，她的动机是什么？我试着压住内心的怒火。

但也许她的关怀是在告诉我，我需要相信自己会好起来。我深呼吸，试着想象自己渡过这次难关。这个时候，时间仿佛暂停了。

我的直觉告诉我，我会的。前提是，我有强大的信念，心怀希望。之前屡次逢凶化吉，这次也会一样。不惜一切代价。我相信，无论可能性有多低。

"嘿。"图书管理员低声说。她的声音沙哑。现在，她的善意和关爱都更加强烈。温暖明亮，围绕着我。像太阳，像爱。"拿着。"

她递过来一本平装本，上面还有一张字条。"我保证，我会让你离开这里。抱抱。"

而当我抬头时，眼前不再是我刚才看到的友善、苍老的图书管理员。而是我妈妈，活生生的，低头望着我。

致 谢

感谢我杰出的编辑，珍妮弗·克伦斯基，感谢你深刻的见解、持久的热忱和无尽的友善。无尽的感谢致以了不起的哈珀团队：吉纳·里索，伊丽莎白·沃德，凯瑟琳·华莱士和伊丽莎白·林奇。感谢你们的智慧投入和辛勤工作，能认识你们这些杰出的女性，是我的幸运。

最深切的感谢，致以自始至终积极倡导这个系列的苏珊·墨菲和凯特·杰克逊。

还要感谢杰出的哈珀营销、宣传和图书馆团队：内利·库尔茨曼，辛迪·哈密尔顿，帕蒂·罗萨蒂，莫利·莫奇，和萨布里纳·阿博尔尔。还要感谢那些整合营销的天才：科琳·奥康奈尔和马戈·伍德。非常感谢出色的艺术部门：巴布·菲茨西蒙斯，艾莉森·多纳蒂，艾莉森·克拉普索和超级有天赋的萨拉·考夫曼。

感谢全情投入的哈珀销售团队：安德烈埃·帕本海默，克里·莫因和凯西·法伯。还要感谢詹·威甘，珍妮·谢里丹，希瑟·多斯，德布·墨菲，弗兰奥尔森，苏珊·耶格尔，杰斯·马隆和杰斯·艾贝尔，以及萨曼莎·黑格博默，安德烈·罗森和吉恩·麦金利。

最后还要感谢哈珀所有尽职尽责的管理评论人：乔希·韦斯，贝瑟尼·雷斯和校对瓦莱丽·希。

感谢诸多致力于传播有关他们喜爱的图书的博主。感谢众多一线的热情书商们。你们往往在最恰当的时刻，给读者明智的阅读建议。

非常感谢我忠诚的朋友和非凡的代理商，马·鲁索夫。我很幸运有你做我的船长。还要特别感谢朱莉·莫斯科的独特意见和不懈的援助。还要感谢迈克尔·拉迪尤利斯卡和吉纳·亚昆塔的支持。感谢才华惊人、勤奋努力、足智多谋的凯思琳·雷尔拉克和林恩·戈尔德贝格——永远感激你们的付出。也谢谢了不起的沙里·斯迈利和莉齐·克里默，并特别感谢哈丽特·穆尔。

我感谢众多专家的慷慨赐教：维多利亚·库克，埃伦娜·埃文盖洛，迈克尔·亨利博士，马克·梅里曼，沙拉宾·列维·布莱曼，特雷西·皮亚考斯基，丽贝卡·普伦蒂斯博士，丹尼尔·罗德里格斯，迈克尔·斯塔克和坦尼娅·韦斯曼。

非常感谢我的好朋友和家人：马丁和克莱尔·普伦蒂斯，

迈克·布姆，凯瑟琳和大卫·波黑吉安，辛迪，克里斯蒂娜和乔伊·巴泽奥，杰森·米勒，梅根·克兰和杰夫·约翰逊，卡拉·克拉根和迈克尔·莫罗尼，德拉甘一家，克兰一家，乔和娜奥米·丹尼尔斯，拉里和萨齐·丹尼尔斯，鲍勃·丹尼尔斯和克雷格·莱斯利，戴安娜和斯坦利·多姆，达恩·潘西安，达沃·费希尔，希瑟和迈克尔·弗通，塔尼亚·加西亚，索尼娅格雷泽，妮可和戴维·基尔，梅里·科特，哈利·勒文，约翰·麦克特和基姆·希利，布赖恩·麦克特，尼娜·梅塔的梅茨格一家，杰森·米勒，塔拉和弗兰克·波梅蒂，斯蒂芬·普伦蒂斯，莫托科·里奇和马克·托平，乔恩·赖尼什，布朗温·斯坦，托马托一家，迪纳·沃纳，梅格和查尔斯·翁茨，丹妮丝·扬法雷尔和克里斯廷·余。

凯特·埃斯尔巴奇，谢谢你把我们照看得这么好。

感谢我的女儿，艾默生和哈珀：我很高兴你们有这么多感受。知道你们与我分享这么多你们的感受，好的、坏的、可怕的、积极的、充满爱意的、愤怒的，明智的——永远是我收到过的最好的礼物。

还要感谢我的丈夫，托尼，谢谢你一直在我身边——接纳，容忍，理解——分享我的感受。一个好消息，但对你是坏消息：我的感受仍旧源源不断在产生。